야생초 마음

야생초 마음

야생의 식물에
눈길을 보내는
산책자의 일기

고진하 글
고은비 그림

디플롯

차례

들어가는 말 내 몸을 낮춰 야생의 들풀을 바라보다 7

쇠비름 사람을 살리는 힘을 가진 강건한 식물 12

질경이 짓밟혀도 굳세게 살아가는 푸른 치유의 식물 24

개망초 망국초를 넘어서 화해의 꽃으로 34

꽃다지·광대나물 잔설 속에서 싹트는 연둣빛 봄의 전령들 44

왕고들빼기 꽃뱀과도 공생의 순간을 누리는 들풀 56

씀바귀 어찌하여 이렇게 귀한 나물인가 66

흙과 지렁이 농사는 자연이 짓고 나는 그 시중을 든다 76

민들레 식물은 서로 다투지 않는다 86

돌콩 좌절과 절망 없이 고난을 극복하는 들풀 96

곰보배추 진정 힘을 가진 쪽은 인간이 아니라 식물이다 106

수영 언제까지나 우리 곁에 있기를 116

별꽃 몸을 낮춰야 비로소 보이는 땅 위의 별 126

싸리꽃 영혼의 가장 맛있는 부분을 우리에게 주는 풀 136

괭이밥   오직 아픈 이를 위해 존재하는 사랑초 146

환삼덩굴   존재 영역을 결코 포기하지 않는 강한 생명력 156

동물의 지혜   식물의 도움을 회복의 그늘로 삼다 166

인동   추운 겨울에도 줄기가 마르지 않는 나무 176

비단풀   흙바닥을 비단처럼 뒤덮은 공생의 풀 186

토종 씨앗   인류의 내일을 책임지는 소중한 씨앗 196

엉겅퀴   자신을 지키기 위한 가시 몇 개쯤은 208

메꽃   뿌리 깊은 식물이 지구 생명의 희망을 이어간다 218

우슬   밋밋한 산자락에서 발견한 붉은 줄기의 식물 230

갈대·고마리·모시물통이   희망의 푸른 천으로 짜여진 습지의 식물 240

토끼풀   진정한 행복은 시련 속에서 자란다 254

나오는 말   흰 종이 위에 초록을 피워내며 265

참고문헌   270

내 몸을 낮춰 야생의 들풀을 바라보다

색채의 마법사로 불리는 프랑스의 화가 앙리 마티스. 그는 여든 살이 넘도록 열정적으로 그림을 그려 수많은 이들의 찬사를 받았다. 어느 날 한 기자가 찾아와 물었다. "당신은 어디서 그 놀라운 영감을 얻으십니까?" 마티스가 빙그레 웃으며 대답했다. "난 뜰에 엉겅퀴를 키우고 있거든요!"

그러니까 화가 마티스의 영감의 원천은 살아 있는 식물과의 깊은 교감과 소통에 있다는 말 아닌가. 시인인 나 역시 숱한 식물들을 벗으로 사귀며 풍부한 시적 영감을 얻는다. 대지를 뒤덮은 녹색 식물이 없다면 내 시적 감수성이나 상상력도 빈약해지고, 내 삶도 사막처럼 황량해졌을 것이다.

나는 이 책에서 척박한 환경에도 굴하지 않고 강인하게 살아가는 야생의 식물에 주목했다. 우리 주위에서 흔하디흔하게 만날 수 있는 식물들인데, 나는 그런 식물들을 깊이 관찰하고 그 고요한 순례에 동행하면서 생명의 경이와 신비에 감탄하곤 했다.

예컨대, 길바닥을 서식지로 삼는 질경이가 동물과 사람의 발에 짓밟히면서도 초록의 기운을 잃지 않고 단독자로 살아가는 그 끈질긴 생명력에 놀라움을 금할 수 없었다. 황금빛 꽃을 피우는 민들레가 씨앗을 맺고 주변의 들풀, 꿀벌이나 나비 같은 곤충들과 아름답게 공생하며 살아가는 모습은 나의 생태적 상상력을 강렬하게 자극하기도 했다.

무량한 우주의 에너지를 받아, 개망초는 개망초대로, 별꽃은 별꽃대로, 엉겅퀴는 엉겅퀴대로, 지구의 다른 생명체들을 위해 자기 존재를 아낌없이 선물로 내어주는 그 성스럽고 사랑스러운 모습을 사뭇 애정 어린 눈길로 바라보면서 나는 이 책을 써 내려갔다.

텃밭에서 새싹을 틔우는 생명의 기척을 내 몸을 낮춰 주의 깊게 바라보는 일. 꽃몽우리가 열린 후 씨앗으로 여물기까지의 수고로운 과정을 지켜보며 박수를 보내는 일. 그렇다. 지구별 위에서 공생한다는 것은 그렇게 너와 나를 살피고 응원하는 일. 그런 알뜰살뜰한 살핌과 응원은 결국 너와 나를 살게 하는 에너지원이 아니던가. 이것은 사람만이 할 수 있는 일이 아니다. 식물도 오감五感을 통해 더불어 살아가는 인간의 섭생을 살피고, 무심한 듯한 자비로 지구라는 광대한 몸의 세포들이 살아갈 수 있도록 도우며 그 창조적 자발성을 발휘하지 않던가.

오래전 한 인디언 추장이 누림의 시절은 가고 견딤의 시절이 당도했다고 한 말이 실감 나는 이즈음, 이 혹독한 견딤의 시절을 건널 수 있는 지혜는 무엇일까. 인터넷에 떠돌아다니는 잡다한 지식 말고 너와 나를 살리는 참된 지혜는?

15년 전쯤 귀농, 귀촌한 후 나는 야생의 식물들과 가깝게 지내면서 그 생태 속에 감춰진 놀라운 지혜를 배우기 시작했다. 식물은 오래전부터 우리의 스승이자 치유사였다는 어느 약초학자의 말처럼 마을 주변 야생의 풀을 먹으며 궁극의 희망을 식물에 둘 수도 있게 되었다. 그것은 시인 월트 휘트먼이 '풀'을 두고 말한 것처럼 들풀은 '희망의 푸른 천으로 짜여진 나의 천성'이기도 하기 때문이다. 하늘이 베풀어준 그런 신비로운 천성은 심각한 기후 변화로 내일을 기약할 수 없는 절망적 현실에서도 오늘을 기쁘게 살아갈 수 있는 힘이 되었다. 그래서 기회가 있을 때마다 나는 대지의 미소인 꽃들처럼 '쉴 새 없이 명랑하자!'고 사람들을 꼬드긴다.

이것이 곧 흔하디흔한 야생의 식물에 다정한 눈길을

건네며 사는 이유. 사람들이 싸잡아 '잡초'라 폄하하는 들풀을 정성을 다해 보듬고 사는 이유. 인류의 생물학적 재산이자 소중한 자본인 지구의 생물 다양성을 지키려고 몸부림치는 이유다. 생태적 삶의 실천을 소중히 여기는 작가 박경리는, 인간이란 모름지기 '자연의 이자'로만 삶을 꾸려가야 한다고 일갈했다. 그러니까 자연이라는 '원금'을 아끼고 펑펑 낭비하지 말아야 한다는 것. 나는 이 책을 통해 자연의 이자로만 삶을 꾸려가기 위해 노력해온 나의 체험을 나누고 싶었다.

24장으로 이루어진 이 책에서 나는 들풀들의 생태를 다루고, 우리 가족의 체험을 바탕으로 들풀의 약성과 식용할 수 있는 레시피까지 소개했다. 이전에 낸 두 권의 책 《잡초 레시피》와 《잡초 치유 밥상》이 이 책을 쓰는 데 큰 도움이 되었음도 밝혀둔다. 앞의 두 책이 야생의 들풀을 요리에 이용하는 실용서에 가깝다면, 이번에 펴내는 책은 식물의 생태를 이해하고 식물의 후예인 인간이 지구별의 숱한 생명과 공존하며 살아낼 삶의 지혜를 밝히는 데 초점을 맞추었다. 꼬박 1년 동안 이 책의 글들을 휴심정에 연재하면서 스스로 확인한 것은 식물을 포함한 대자연은 지혜의 보고인 어떤 경전보다 큰 경전이라는 것이었다.

책 뒤편에 내가 글을 쓰는 데 도움을 받은 식물학자, 약초학자, 생태학자 들의 책과 인용한 자료들을 목록으로 만들어두었다. 자료들과 이 책을 통해 더 많은 분이 쉽고 친근하게 주변의 야생초에 다가갈 수 있기를 바란다. 이 책의 연재를 시작할 때부터 끝날 때까지 사랑과 격려를 아끼지 않은 조현 한겨레신문 종교전문기자, 아카넷의 김정호 대표와 이기섭 고문, 그리고 이 책이 연재될 수 있도록 물심양면으로 후원해준 대우재단, 특히 소외계층의 자립 지원에 힘쓰고 있는 대우꿈동산에 깊은 감사의 마음을 전한다.

2021년 10월
원주 명봉산 기슭 불편당에서
고진하

사람을 살리는 힘을 가진
강건한 식물

쇠비름

✣

불편당은 온통 여름풀로 뒤덮였다. 앞마당과 뒤란, 장독대 뒤편으로 무성히 자란 잡초 일색이다. 누가 와서 보면 호랑이가 새끼 치겠다고 하겠구나. 하지만 우리는 여름풀을 아껴 베어내지 못하고 있다. 여름풀은 우리 집 식량이기 때문이다.

15년 전 이 낡은 한옥으로 솔가했지만 처음부터 잡초를 식재료로 활용했던 건 아니다. 귀촌에 대한 갈망이 커서 내가 고집을 부려 이사할 때만 해도 가족들은 잡초로 무성한 마당을 보며 땅이 꺼지도록 한숨을 푹푹 내쉬곤 했다. 잡초는 뽑아버려야 할 원수처럼 여겼으니까. 봄부터 가을까지 우리 가족은 잡초와의 전쟁을 치러야 했다.

그런 어느 날 마당에서 잡초를 뽑던 나는 불현듯 천덕꾸러기 취급을 당하는 잡초가 측은하다는 생각이 들었다. 이처럼 홀대받는 잡초에게도 조물주의 뜻이 있지 않을까.

나는 마음을 고쳐먹고 식물의 가갸거겨를 배우기 위

해 두툼한 식물도감을 구해 공부하기 시작했다. 식물도감을 읽어나가면서 집 주위에 자라는 대부분의 잡초들이 식용 가능할 뿐 아니라 약성도 뛰어나다는 것을 알게 되었다. 하지만 우리 집 셰프가 잡초로 해놓은 요리엔 선뜻 손이 가지 않았다. 마트에서 파는 채소에 평생 길든 터라 낯선 풀로 만든 음식을 먹는 일은 두려웠다.

그렇지만 설마 죽기야 하겠어…? 가족들은 서로 용기를 불어넣으며 토끼풀로 샐러드를, 개망초로 된장무침을, 괭이밥으로 새콤달콤한 물김치를 담가 먹었다. 그렇게 수십 종류의 풀들로 요리해 먹기를 1년여, 야생의 풀들이 향도 진하고 건강에도 좋다는 걸 몸소 체험하게 되었다. 이런 과정을 통해 우리 가족은 잡초 없는 식탁을 생각할 수 없는 잡초 마니아가 되었던 것이다.

사실 우리 조상들은 오래전부터 야생의 풀들을 식용 혹은 약용으로 활용해왔다. 내가 사는 마을의 나이 든 농부들은 손수 심은 작물과 함께 밭에서 자라는 잡초들도 먹을 수 있다는 걸 잘 안다. 하지만 배추나 무, 고추, 마늘, 들깨 등의 몇몇 작물을 키우기 위해 잡초를 다 뽑아버리거나 제초제를 살포해 죽인다.

며칠 전에도 새벽에 마을 길을 한 바퀴 휘돌아오는데, 혼자 사는 충주댁이 고추밭 고랑에 돋아난 쇠비름을 뽑고 있었다. 가까이 다가가 인사한 후 나는 충주댁이 뽑아놓은 싱싱하게 자란 쇠비름 한 포기를 손에 들고 말을 건넸다.

　　"아주머니, 이거 요리를 잘 해놓으면 먹을 만한데요!"

　　충주댁이 나를 보고 벙긋 웃더니 고개를 절레절레 흔들었다.

　　"몇 번 삶아 먹어보려 했는데 비려서 못 먹겠데유."

　　먹어보려 했다는 대꾸가 고마워 대화를 이어갔다. 쇠비름 전도사인 나는 쇠비름의 영양가와 뛰어난 약성에 대해 한바탕 장광설을 늘어놓았다. 문득 며칠 전에 읽은 책의 강렬한 귀띔도 살풋 떠올랐다.《사피엔스》라는 책을 쓴 이스라엘 사상가 유발 하라리가 농업 혁명에 대해 말하는데, 수렵 채집 시대에 살던 고대인들이 채취해 먹던 야생의 식물이 농업 혁명 이후 사람 손을 타고 자란 농산물보다 영양가가 더 풍부하다는 것. 그러니까 밭에서 기른 농작물보다 충주댁이 뽑아서 버리는 잡초들이 더 좋은 영양과 약성을 지니고 있다는 것. 예컨대 조그만 야생사과 한 알이 온갖 농약과 화학비료를 주어 키운 큼지막한 사과 열 알보다 영양가가 훨씬 높다는 것. 한참 동안 이런저런 얘기를 늘어놓

앗지만 충주댁에게 내 말은 쇠귀에 경 읽기일 뿐이었을까.

"그렇게 좋아하시믄 가져다 잡수시유."

"고마워요, 아주머니."

새벽부터 이게 웬 횡재냐 싶어 싱싱한 쇠비름을 한 아름 가슴에 안고 집으로 돌아왔다.

시골 농부들은 쇠비름을 아주 싫어한다. 뿌리까지 뽑아 밭둑에 내던져도 비만 조금 내리면 다시 살아나 뿌리를 내리니까. 쨍쨍한 폭염에도 타 죽지 않고, 제초제를 뿌려대도 잘 죽지 않는다. 바랭이, 달개비와 함께 농부들이 매우 싫어하는 풀인 이 쇠비름은 유난히 여름철의 뜨거운 햇볕을 좋아하는 식물. 햇볕이 강할수록 오히려 더 생기가 나며, 잎과 줄기에 수분을 많이 저장하고 있어서 아무리 가물어도 말라 죽지 않는다.

쇠비름의 이런 성질을 잘 보여주는 전설도 있다. 옛날, 중국에서는 하늘에 태양 열 개가 나타나 모든 강과 시냇물이 마르고, 강한 햇볕에 땅이 거북등처럼 갈라지고, 곡식과 나무와 풀들이 모두 누렇게 말라 죽었다. 사람들은 하늘을 원망하면서 산속에 있는 동굴에 숨어 살았다. 이때 후예라고 하는 힘이 센 장수가 나타났다. 그는 백성들을 강한 태양으로부터 구해내기 위해 활 쏘는 법을 익혔다.

마침내 활 쏘는 법을 완전히 터득한 그는 열 개의 태양을 향해 활을 쏘아 하나씩 떨어뜨렸다. 아홉 개의 태양을 쏘아 떨어뜨리자 마지막 하나 남은 태양은 두려워서 급히 땅으로 내려와 쇠비름의 줄기와 잎 뒤에 숨었다. 이렇게 해서 태양은 후예의 화살을 피할 수 있었다.

그 후 태양은 쇠비름에게 은혜를 갚기 위하여 뜨거운 햇볕 아래에서도 말라 죽지 않게 하였다는 것. 그 덕분에 한여름 강한 햇볕에 다른 식물들이 모두 축 늘어져 있을 때도, 쇠비름은 저 혼자서 싱싱하게 살아 있게 되었다고 한다.

이 전설은 쇠비름의 강한 생명력을 이야기로 잘 풀어내고 있는데, 나는 지상의 어떤 풀보다 강한 생명력을 지닌 쇠비름을 '식물계의 최강자'라 부른다. 식물의 생태를 인간 습속에 빗대어 말하는 것이 민망하긴 하지만, 쇠비름이 지닌 강한 힘에 매혹되었기 때문이다. 나는 권력이나 재력 같은 인간의 힘을 숭상하지 않지만 식물의 강한 힘은 숭상하고 싶다. 그 강한 힘은 남을 무찌르는 힘이 아니라 남을 살리는 힘이기 때문이다.

옛날 우리 조상들도 쇠비름의 이런 생태적 특성을 잘

알고 있었다. 그래서 쇠비름을 장명채長命菜라 불렀다. 오래 먹으면 장수했고 늙어도 머리칼이 세지 않았으니까. 쇠비름은 오행초五行草라고도 부르는데 제 몸에 다섯 가지 색깔, 즉 음양오행설에서 말하는 다섯 가지 기운을 다 갖추고 있기 때문이다. 잎은 푸르고, 줄기는 붉으며, 꽃은 노랗고, 뿌리는 희고, 씨앗은 까맣다. 이 다섯 가지 색깔은 우리 몸의 오장에 좋다고 한다. 잎의 푸른색은 간장에 좋고, 줄기의 붉은색은 심장에 좋고, 꽃의 노란색은 위장에 좋으며, 뿌리의 흰색은 폐장에 좋고, 씨앗의 검은색은 신장에 좋다니, 하늘이 인간에게 선사한 참으로 특별한 보약이 아닌가.

쇠비름은 추운 극지방을 제외하고 지구에 널리 퍼져 있는 세계 8대 식물 중 하나다. 길가와 채소밭, 빈터에서 흔하게 자라는 걸 볼 수 있는 다육질의 한해살이 식물. 물기가 많은 줄기는 밑동에서 갈라지며 땅에 엎드려서 30센티미터 정도의 길이로 자란다. 붉은빛을 띤 줄기는 털이 전혀 없이 매끈하다. 잎은 두 장이 마주 자리하며 타원에 가까운 주걱 꼴로 두텁게 살쪄 있다. 잎자루는 없고 끝이 둥글며 가장자리는 밋밋하다. 잎의 길이는 25밀리미터 안팎이다.

꽃은 줄기 끝에 네 장의 잎에 둘러싸여 3~5송이가 뭉쳐 피어난다. 길쭉한 타원으로 생긴 다섯 장의 꽃잎이 있으며 지름은 4밀리미터 안팎이고 빛깔은 노랗다. 열매는 타원형이고, 종자는 검은빛이 도는 원형이며, 긴 대가 달린 꼬투리에 종자가 많이 들어 있다. 모자 같은 꼬투리 속에 있던 씨앗이 여물면 씨앗주머니를 열어 빗방울의 도움으로 멀리 튀어서 씨앗을 퍼뜨린다.

지상에서 자라는 식물 가운데 오메가-3가 가장 많은 식물이 바로 쇠비름이다. 언젠가 그리스 여행을 다녀온 친구에게 들었다. 식물에 관심이 많은 친구였다. 《그리스인 조르바》의 작가 니코스 카잔차키스의 고향인 그리스의 크레타섬을 찬찬히 둘러보는데 쇠비름이 많이 자라더라고. 그래서 가이드와 쇠비름에 대한 얘기를 나누었는데, 크레타섬 사람들은 심장병이나 관상동맥질환으로 죽는 사람이 거의 없다며 그 연유는 쇠비름으로 만든 샐러드를 자주 먹기 때문이라고 하더란다.

친구의 얘기를 듣고 나서 자료를 찾아보니, 쇠비름에는 사람의 몸에 유익한 기름 성분이 많이 들어 있었다. 쇠비름의 잎이나 줄기가 매끄럽고 윤이 반짝반짝 나는 것은 그 속에 들어 있는 기름 성분 때문인데, 이 성분이 곧 오메가-3다. 이 지방산은 혈액순환을 돕고, 콜레스테롤이나 중성 지방질 같은 몸 안에 있는 노폐물을 몸 밖으로 내보내며, 혈압을 낮추어주는 작용을 한다.

쇠비름은 또 다른 약성도 지니고 있는데, 갖가지 악창惡瘡과 종기를 치료하는 데 놀랄 만한 효험이 있다고 한다. 또 쇠비름을 솥에 넣고 오래 달여 고약처럼 만들어 옴, 습진, 종기 등에 바르면 신기할 만큼 잘 낫는다.[*] 지금은 사라졌지만 어릴 적에는 약국에서 팔던 '이명래 고약'이 있었는데, 그 고약의 원료가 바로 쇠비름이었다고. 그래서 우리 집에서는 쇠비름으로 술을 담가 여름철에 벌레에 물렸을 때 바르는데, 매우 효험이 좋다.

쇠비름은 이처럼 놀라운 약성을 지니고 있지만, 문제는 그걸 어떻게 먹느냐는 것. 쇠비름 특유의 미끈거림과 비릿하면서도 역한 냄새 때문에 먹기가 쉽지 않다. 쇠비름의 차가운 성분을 중화시키면서 그 미끈거림과 역한 냄새를 동시에 잡을 요리법이 필요한데, 우리 집에서는 이 모두를 아우르는 몇 가지 요리를 개발해 먹고 있다.

[*] 권혁세, 《익생양술대전》, 학술편수관, 2012.

어린 쇠비름을 뜯어 그냥 날것으로 고추장과 오미자 추출액을 넣고 무침을 하면 아삭아삭하고 상큼한 식감을 맛볼 수 있다. 쇠비름 잎과 줄기를 삶아서 하는 요리도 있는데, 맛간장과 제피가루를 넣어 무침을 하면 된다. 여름철에 시원한 국물을 내어 먹을 수 있는 쇠비름냉채도 있다. 삶은 쇠비름에 디포리 우려낸 물과 겨자 양념을 넣고 요리해 먹으면 한여름 무더위를 한 방에 날려 보낼 수 있다. 이 밖에도 쇠비름과 황설탕을 1 대 1 비율로 담근 쇠비름효소, 튀김가루에 버무려 프라이팬에 부쳐낸 쇠비름전, 간장에 넣어 만든 쇠비름장아찌 등 다양한 요리가 가능하다. 또 쇠비름을 삶아서 말린 묵나물을 여름철에 만들어두었다가 가을이나 겨울철에 들기름과 간장을 넣어 볶으면 고사리처럼 맛있게 먹을 수 있다.

쇠비름은 인류가 가장 먼저 먹기 시작한 식물 가운데 하나인지도 모른다. 1만 6천 년 전 그리스의 한 구석기 시대의 동굴에서 쇠비름 씨가 발견되었다는 기록이 남아 있으니 말이다. 쇠비름은 너무 흔한 풀이라 아무도 거들떠보지 않지만 이런 흔한 풀이 가장 좋은 약초일 수 있음을 우리는 잊지 말아야 한다.

쇠비름

꽃말이 '불로장수'인 쇠비름. 이런 꽃말을 붙인 옛사람들의 지혜가 놀랍지 않은가. 불로초는 결코 먼 곳에 있지 않다. 죽여 없애려고 애를 써도 결코 죽지 않는 쇠비름이야말로 진정한 불로초가 아닐까. 이처럼 생명력이 강한 식물을 먹어야 우리 몸도 강건해진다. 그런데 왜 사람들은 장수식품인 쇠비름을 뽑아 없애는 데만 혈안이 되어 있는 것일까. 뽑아 없애려고 애면글면하지 말고 이 야생의 보물을 채취해 먹고, 또 씨앗을 받아 공터나 밭에 심어 정성껏 가꿔보자.

나는 권력이나 재력 같은

인간의 힘을 숭상하지 않지만

식물의 강한 힘은 숭상하고 싶다.

그 강한 힘은 남을 무찌르는 힘이 아니라

남을 살리는 힘이기 때문이다.

짓밟혀도 굳세게 살아가는
푸른 치유의 식물

질경이

하늘을 향해 살랑거리는

어린 나뭇가지들은

대지의 식탁이다.[*]

시인 테드 휴즈의 〈풀잎에 바람이 스치고〉에 나오는 구절이다. 바람결에 흔들리는 나뭇가지나 풀잎들을 보면 언제나 이 멋진 시구가 생각나곤 한다. 오늘 나는 아내와 함께 백운산 등산에 나섰다. 우리가 산행을 하게 된 것은 여유롭게 걸으면서 대지의 식탁이 풍성하게 차려놓은 들풀을 채취하기 위해서였다.

계류를 끼고 오르는 산길엔 평일이라 그런지 인적을 거의 찾을 수 없었다. 청량한 계곡의 물소리가 우리의 팔짱을 바짝 당겨 끼우며 길벗이 되어주었다. 나보다 앞서 걷던

---

[*]   스티븐 해로드 뷰너, 박윤정 옮김, 《식물은 위대한 화학자》, 양문, 2013에서 재인용.

아내가 걸음을 멈추고 물었다.

"왜 보물이 안 보이죠?"

"조금 더 올라가면 나타날 거예요."

아내가 찾는 보물은 길바닥에 널린 잡초 질경이. 사람들의 구둣발에 마구 짓밟히면서도 씩씩하게 살아가는 풀. 지난번 혼자 등산하는 길에 질경이 군락지를 분명히 보았다고 나는 아내에게 큰소리를 쳤었다. 물론 질경이는 내가 사는 동네 골목길이나 농로에도 있지만, 자동차 매연 같은 공해 물질과 절연된 깊은 산속에 있는 청정한 질경이를 뜯으려고 온 것이었다.

한 시간쯤 걸어 올랐을까. 나보다 눈이 밝은 아내가 저만치 산길에 돋아 있는 질경이들을 보고 반갑게 소리쳤다.

"저기 쫙 깔렸군요. 당신이 봤다던 게…."

"허허 참, 그렇다니까요."

여러 해 동안 잡초를 뜯어 요리하는 것을 즐기는 아내는, 잡초 가운데서도 특히 질경이에 대한 깊은 애정을 품고 있다. 사실 질경이는 야생의 먹거리일 뿐 아니라 뛰어난 약성을 지닌 소중한 풀이기도 하다.

질경이는 들이나 산의 길 위에서 자라는 여러해살이풀

로, 우리나라와 일본, 사할린, 타이완, 중국, 시베리아 동부, 히말라야 등지에 널리 분포한다. 질경이는 주로 민가 근처에서 많이 자라며 등산로에도 많이 피어 있다. 산에서 길을 잃었을 때 질경이가 있는지 살펴보고 이 식물을 따라가면 민가를 만날 수 있다고 할 만큼 사람들이 다니는 길에서 많이 자란다.

질경이는 양지 혹은 반그늘 어느 곳에서나 잘 자라며, 키는 10~50센티미터 정도다. 줄기가 없어서 뿌리에서 바로 잎과 꽃대가 나온다. 이런 생태적 특성은 매우 중요한데, 다른 식물은 잎이 줄기에 붙어 있지만, 질경이는 잎이 지면에 붙어 있기 때문에 발에 밟혀도 잎이 충격을 덜 받는다. 이처럼 질경이는 잎을 지면에 가까이 둠으로써 사람이나 자동차 바퀴에 밟혀도 거뜬히 살아갈 수 있는 것. 잎은 길이가 4~15센티미터, 폭이 3~8센티미터로 뿌리에서 퍼져 나오는데, 대부분 잎의 길이가 비슷하고 밑부분이 넓어지는 타원형으로 생겼다.

꽃은 흰색이며 6~8월에 잎 사이에서 나온 작은 꽃들이 줄기 아랫부분부터 피며 위쪽으로 올라간다. 그러나 꽃은 아주 작아서 돋보기로 봐야 겨우 보인다. 씨앗은 10월경에 달리고 씨방 안에는 6~8개의 검은색 종자가 들어 있다.

질경이

질경이는 길장구, 배합조개, 톱니질경이, 배부장이, 길경 등 다양한 이름으로 불리는데, 차전초車前草라는 이름이 비교적 널리 알려져 있다. 이 명칭과 관련해서는 중국에서 전해져오는 유명한 이야기가 있다.

한나라 광무제 때에 마무라는 이름난 장군이 있었다. 마무는 이웃나라와의 전쟁에서 연속으로 승리를 거두며 도망가는 적을 추격하다가, 예기치 못한 큰 시련을 겪게 되었다. 무서운 가뭄과 기근에 시달리게 된 것. 병사들과 말들은 허기와 갈증, 심한 요혈증으로 아랫배가 부어오르고 피오줌을 누면서 차례로 죽어갔다.

그런데 그중에 말 세 마리만이 피오줌을 누지 않았다. 이상하게 여긴 마무가 따라가 유심히 살펴보니 이 말들이 어떤 풀을 뜯어 먹고 있었다. 마무는 그 풀을 뜯어다가 커다란 솥에 국을 끓여서 모든 병사와 말에게 먹였고, 하루쯤 지나자 모두 피오줌을 그치고 기력을 되찾았다. 이 이야기를 전해 들은 광무제는 마차 앞에서 발견한 풀이라 하여 차전초라 명명했다고 한다. 이 차전초가 바로 질경이다. 질경이는 지금도 길바닥을 서식처로 삼아 자라고, 사람들 발에 밟혀서 제 종족을 널리 퍼뜨린다.

질경이의 서식처가 길바닥이라는 게 놀랍지 않은가. 길바닥은 식물이 살기에는 아주 척박한 환경. 동물이나 사람들의 발길은 물론 자동차 바퀴에도 늘 짓밟혀야 하니까. 그러면 질경이는 왜 길바닥을 서식처로 삼을까. 다른 식물보다 생명력이 강해서? 아니다. 질경이는 다른 식물과의 경쟁에서 이길 만큼 강인한 식물이 아니다. 오히려 다른 식물들보다 약하다. 그래서 다른 식물들이 자라지 못하는 길바닥을 서식처로 택한 것. 질경이가 자라는 곳에서는 다른 식물들을 찾아보기 어렵다. 질경이는 단독자로 길 위에서 살아간다. 그렇게 짓밟히면서도 단독자로 살아갈 수 있는 비결은 뭘까. 질경이는 부드러운 잎에 다섯 가닥의 강한 실을 준비하고 있기 때문에 발길에 밟혀도 잎이 잘 찢어지지 않고 살아남는 것이다.

산길을 따라 올라가며 질경이를 채취하던 아내는 언젠가 책에서 읽었다며 질경이가 지닌 뛰어난 약성에 대해 들려주었다. 질경이 씨는 설사를 멎게 하는 약으로 예로부터 이름이 높았다.

중국 북송北宋 시대의 위대한 문학가인 구양수는 어느 날 상한 음식을 먹고 심한 설사가 났다. 의사를 불러 치료를 받았으나 아무 소용이 없었다. 남편이 설사로 고생을 하고 있는 것을 보고 안쓰러워하던 그의 아내가 말했다.

"시장에 가면 좋은 약이 있다는데요. 값도 비싸지 않은데 약효가 아주 뛰어나답니다."

구양수가 대답했다.

"내 체질은 좀 특이하여 시장에서 파는 싸구려 약으로는 고칠 수 없을 것이오."

그러나 부인은 남편의 말을 듣지 않고 시장에 가서 설사약 한 첩을 지어왔다. 구양수는 썩 내키지 않았지만 부인이 정성껏 달여주는 약을 먹지 않을 수 없었다. 그런데 한 첩을 먹고 나자 바로 설사가 멎었다. 정말 놀라운 효험이었다. 그 약은 볶은 질경이 씨 한 가지로만 되어 있는 단방약이었다.

질경이 씨는 설사를 멎게 하는 효과가 매우 빠르다. 특히 어린아이들이 배탈이 나 설사가 멈추지 않을 때 아주 효과가 좋다. 질경이 씨를 살짝 볶아 가루를 내어 먹이면 된다. 질경이 씨를 꾸준히 먹으면 남성의 정력이 좋아지고 정자가 많이 생산되어 자식을 많이 낳을 수 있다는 기록도 있다. 또 질경이는 여성의 자궁과 방광을 튼튼하게 하여 아이를 잘 낳을 수 있게 한다고 한다. 실제로 산모가 난산難産으로 고생할 때 질경이 씨를 달여 먹으면 아이를 순산할 수 있다고 한다.

　민간의학을 연구하는 이들에 의하면, 질경이를 달여서 매일 차처럼 마시면 천식, 감기, 관절통, 눈이 충혈된 데, 위장병, 심장병, 신경쇠약, 두통, 뇌질환, 축농증 등에 좋은 효과를 볼 수 있다고 한다. 나는 평소 질경이 잎을 덖어 차로 마시는데, 이뇨 효과가 좋아 소변을 시원하게 볼 수 있고, 여러 해 동안 고생했던 변비도 완전히 사라졌다. 질경이를 달여 오래 먹으면 몸이 가벼워지고 언덕을 능히 뛰어넘을 만큼 힘이 솟으며 무병장수하게 된다는 기록도 있다.

　특히 질경이 씨는 간의 기능을 활발하게 하는 작용이 있어 얼굴이 누렇게 변하는 황달에도 효과가 있으며, 최근에는 질경이가 암세포의 진행을 80퍼센트까지 억제한다는 연구보고서도 나와 있다.

　질경이에 얽힌 얘기를 주고받으며 뜯다 보니 채취한 질경이가 바구니 가득 찼다. 아내가 먼저 일어서며 말했다.

　"여보, 이제 그만 뜯어도 될 것 같아요."

　아내는 잡초를 뜯을 때도 언제나 필요한 만큼만 뜯는다. 귀한 산나물을 탐하는 이들이 그 종자까지 말려버리듯이 뜯는 걸 아내는 늘 경계한다. 남들이 하찮게 여기는 잡초라도 하느님의 생명처럼 그느르는 습관이 몸에 배어 있는 것이다.

"오늘 뜯은 질경이로 무슨 요리를 할 거예요?"

"튀김을 하려는데, 맛이 어떨는지 모르겠네요."

질경이 튀김이라! 맛이 어떨지 나도 궁금하다. 사실 우리 집에서는 질경이로 다양한 요리를 해 먹었다. 가장 많이 해 먹은 요리는 질경이무침. 어린잎을 뜯어 살짝 데쳐서 된장이나 고추장으로 무치면 된다. 쫄깃거리는 식감이 매우 좋다. 질경이 잎을 잘게 썰어 넣고 질경이밥도 해 먹는데, 밥이 되면 양념간장을 만들어 비벼 먹으면 된다.

또 질경이를 제철에 뜯어 살짝 데쳐 말려 묵나물로 만들어두었다가 풋풋한 잡초가 그리워지는 겨울에 요리해 먹을 수도 있다. 마른 질경이를 삶아서 파, 마늘, 간장을 넣고 들기름에 볶아서 먹으면 취나물 못지않게 맛이 좋다.

산에서 거저 얻은 짐벙진 선물, 질경이가 담긴 바구니를 어깨에 둘러메고 하산하다가 개울물 소리가 들리는 계곡으로 내려갔다. 물가에 자리 잡은 우리는 배낭에 담아온 도시락을 꺼내 먹었다. 김밥과 무장아찌가 전부였지만 꿀

맛이었다. 밥을 먹고 난 후 산길을 내려가며 아내가 말했다.

"질경이는 정말 신비한 풀인 것 같아요!"

"무슨 말이죠?"

"길 위에서 짓밟히면서도 동물이나 사람, 자동차에 당하지만은 않잖아요."

"맞아요. 질경이는 그렇게 밟히는 것을 역이용해 종자를 퍼뜨리니까."

그렇다. 역경을 거꾸로 이용하는 면에서는 질경이를 당해낼 식물이 없다. '제발 날 좀 밟아주세요.' 이렇게 애원하진 않지만 누군가 밟아주어야 살아갈 수 있는 운명을 타고난 질경이. 그것은 질경이의 라틴어 학명 '*plantago asiatica*'에도 잘 나타나 있다. 'plantago'는 발바닥으로 옮긴다는 뜻. 질경이 씨앗에는 젤리 모양의 물질이 있어 물에 닿으면 부풀어 오르며 달라붙는 성질이 있는데, 바로 이런 성질을 이용하여 사람이나 동물의 발에 붙어, 심지어 자동차 바퀴에도 붙어 씨앗을 퍼뜨리는 것이다.

그러니까 질경이는 길이 있는 곳이면 어디에나 존재한다. 그렇게 끝까지 살아남아 동물과 인간의 양식이 되고 약이 되는 질경이는 데일 펜델이 말한 것처럼 "대지의 저 깊은 마음이 만들어내는 치유의 꿈"이 아닐까.

망국초를 넘어서
화해의 꽃으로

개망초

✦

　식물도 여행을 한다고 하면 고개를 갸웃거리는 이들이 많을 것이다. 식물을 움직일 줄 모르는 '지구의 붙박이 가구' 정도로 여기는 잘못된 고정관념 때문이다. 물론 식물이 개체로 있는 동안에는 서식하는 공간을 떠나 이동할 수 없는 것이 맞다. 그러나 식물도 오랜 시간이 흐르는 동안에는 가장 먼 땅, 가장 접근하기 어려운 지역, 극도로 열악한 지역까지 이동할 수 있다.

　《식물, 세계를 모험하다》라는 멋진 책을 쓴 식물생리학자 스테파노 만쿠소는 말한다.

　식물을 정의하는 형용사는 실제로 '움직여서는 안 되는'이 아닌 '원하는 곳에 뿌리를 내리거나 정착할 수 있는'이 되어야 한다. 고착성 유기체는 자신이 태어난 곳에서 이동할 수 없지만, 식물은 자신이 원하는 만큼 이동할 수 있다.[*]

그렇다. 식물은 포자나 씨앗 혹은 다른 여러 가지 수단을 이용해 세상의 새로운 공간을 개척하기 위해 이동하고 전진한다. 고사리 같은 양치류 식물은 수천 킬로미터까지 바람에 실려 운반될 수 있는 천문학적인 양의 포자를 방출하여 자손을 퍼뜨린다. 씨앗을 맺는 식물은 바람에 실리거나 땅 위를 구르거나 동물 털에 붙어서, 또는 곤충, 조류, 포유류 같은 특정한 동물의 힘을 이용해 종자를 퍼뜨린다.

식물은 우리가 흔히 잘못 생각하듯 수동적인 생물이 아니다. 식물이 얼마나 활달하고 능동적인 생물인지! 예컨대, 분꽃은 씨앗이 여물면 탁, 탁 소리를 내며 멀리 씨앗을 날려 보낸다. 길가에 자라는 야생 돌콩 같은 경우도 꼬투리가 바짝 마르면 마치 포탄을 쏘듯이 씨앗을 멀리멀리 날려 보낸다. 아주 특이한 경우지만, 라틴 아메리카 열대지방에서 자라는 후라 크레피탄스*Hura crepitans*라는 나무는 다이너마이트 나무라는 무서운 별칭으로 불리는데, 이 나무는 큰 폭발음을 내며 씨앗을 초속 400미터까지 날려 보낸다고 하니 얼마나 놀라운가.

---

*   스테파노 만쿠소, 임희연 옮김, 《식물, 세계를 모험하다》, 더숲, 2020.

바다를 건너 대륙을 이동하는 건 보통 새들에게나 가능한 일로 보인다. 그러나 식물 또한 다른 운반체를 이용해 이 대륙에서 저 대륙으로 이동하며 씨앗을 퍼뜨린다. 특히 스스로 귀화해 새로운 국적을 얻은 식물들이 그렇다.

우리나라의 대표적인 귀화식물로는 '개망초'가 있는데, 귀화한 지 백 년이 조금 넘은 이 식물은 우리 국토를 완전히 점령해버렸다. 본래 북아메리카가 원산지인 개망초는 구한말에 우리나라에 들어왔다. 맨 처음 철도가 들어올 때 거기에 사용되는 철도 침목을 일본을 통해 수입해왔는데, 그때 개망초 씨앗이 침목에 묻어온 것으로 보고 있다.

생명력이 강한 개망초는 우리나라보다 먼저 이웃의 일본 국토를 점령했다. 메이지 시대에 귀화했다니 우리나라보다 몇십 년 먼저 일본 땅에 정착한 셈. 일본의 잡초연구가인 이네가키 히데히로는 개망초를 "새로운 세상으로 나아가는 기차 소녀"라고 재미있게 표현했는데, 일본에서도 철도 개발이 이루어지면서 개망초가 일본 전역으로 점차 퍼져나간 것으로 보고 있다. 그래서 일본에서는 개망초를 '철도초鐵道草'라 부르기도 한다. 귀화식물인 개망초가 한국과 일본에 정착할 때, 기차 철도와 긴밀한 관계가 있었다니 참으로 흥미롭다.

개망초

우리나라에서도 철도 개발이 이루어질 때, 철길이 놓이는 곳을 따라 흰색 꽃들이 왕성하게 피어났는데 이것을 본 조선인들은 일본이 조선을 망하게 하려고 이 꽃의 씨를 뿌렸다고 여겼다. 그래서 이 식물에 이름을 붙이면서 처음엔 망할 망亡자를 써서 망국초라고 불렀고, 후에 다시 개망초로 명명하게 되었다고 한다. 보통 어느 식물의 이름 앞에 '개'를 붙이는 건 급이 낮다는 인식을 전제하는데, 개망초 또한 그런 폄하의 운명을 안고 있는 것일까.

　개망초는 그 이름에서부터 원망과 폄하의 시선을 담고 있지만, 나는 이 식물을 망초가 아니라 어느 식물학자의 표현처럼 흥초興革라 부르고 싶다. 무엇보다 개망초 꽃의 아름다움 때문이다. 개망초는 국화과 식물로 봄부터 초가을까지 꽃을 피우는데, 가을에 피는 국화꽃 못지않게 아름답다. 흔하디흔한 풀이 아니었다면, 우리는 화원에서 재배한 개망초 꽃을 품에 안기 위해 돈을 지불해야 했으리라. 개망초의 아름다움에 반한 한 시인의 노래를 들어보자.

　백의白衣의 억조창생이 한데 모여 사는 것 같고,

　한 채의 장엄한 은하가 흐르는 것 같기도 하고,

　흰 구름이 내려와 앉은 것 같기도 하구나[*]

개망초는 그 미색으로 시인들의 눈길을 사로잡기도 하지만 식재료로도 사랑을 받아왔다. 1960~1970년대 무렵 내 어린 시절의 춘궁기에는 허기를 달래는 나물과 국거리로 사용되었는데, 지금도 그 시절을 건너온 시골 노인들은 마땅한 찬거리가 없으면 개망초를 채취해 먹는다.

봄의 들판으로 나가면 개망초는 그야말로 지천이다. 옥토든 박토든 가리지 않고 최소한의 조건만 되면 싹을 틔워 뿌리를 내리고 꽃을 피운다. 물론 기름진 땅에서는 무성하게 자라고 척박한 땅에서는 왜소하게 자란다. 개망초는 어린묘의 상태로 겨울을 난 후 여름에 꽃을 피우는 두해살이 식물인데, 키는 30~100센티미터 정도까지 자라고 가지가 많이 갈라진다. 줄기잎은 계란 모양인데 어긋나기로 달리며, 가장자리에 톱니가 드문드문 있고, 양면에 털이 있으며 잎자루에는 날개가 있다.

꽃은 지름 2센티미터 정도로 6월부터 8월까지 흰색으로 핀다. 꽃잎은 혀 모양으로 생겼다. 가장자리의 꽃은 암술만 가지고 있으며, 중앙 부위의 꽃은 암술과 수술을 모두 가지고 있다. 꽃대의 끝에서 꽃의 바로 아랫부분에는 긴 털

*　　김선굉, 〈개망초꽃 여러 억만 송이〉, 《나는 오리 할아버지》, 만인사, 2009.

이 있고, 꽃은 가지 끝에 달린다. 꽃이 계란 프라이를 닮아 계란꽃으로 불리기도 하는데, 장난감이 흔치 않던 시절에 시골 꼬맹이들은 이 꽃을 뜯어 나무판자 같은 데 올려놓고 계란 프라이라고 부르며 밥상 차림 놀이를 하기도 했다.

　잡초요리를 즐기는 우리 가족이 가장 많이 채취해 먹는 풀이 바로 개망초. 내가 사는 마을은 우렁이농법으로 유기농을 해 논두렁에 자라는 개망초를 마음 놓고 뜯을 수 있다. 농부들은 개망초를 매년 서너 번 정도 예초기로 베곤 하는데, 그렇게 베어낸 그루터기에서 다시 어린 순이 돋아나기 때문에 봄부터 가을까지 계속 채취해 먹을 수 있다.

　개망초는 맛이 순하고 독이 없다. 주로 어린잎을 뜯어다가 요리하는데, 날것으로 먹지 않고 주로 끓는 물에 살짝 데쳐서 요리한다. 우리가 가장 많이 해 먹는 요리는 개망초 무침. 어린잎을 데쳐 된장이나 간장, 혹은 고추장에 무치는데, 갓 피어난 꽃은 무침에 넣어도 된다. 다른 잡초에 비해 풀비린내가 적어 요리하기가 쉽다.

　계란말이를 할 때도 개망초를 뜯어 넣고 요리하는데, 계란 특유의 비린내를 싹 잡아줄 뿐만 아니라 소화에도 도움을 준다. 또 여러 잡초를 넣어 쉽게 요리할 수 있는 주먹

밥을 만들 때도 개망초를 많이 이용한다. 개망초는 맛이 순해 다른 잡초들과도 잘 어울리는데, 향이 강한 쇠비름이나 개똥쑥처럼 자기를 드러내지 않기 때문이다. 수수한 모양의 꽃도 그렇지만 잎의 맛도 순하고 부드럽다.

개망초는 아주 옛날부터 약재로 사용되었다고 한다. 한방에서는 개망초를 비봉飛蓬이라 부르는데, 피를 맑게 하고 열을 내리며, 가려움증을 멎게 하는 용도로 사용했다. 또 민간에서는 해독과 소화를 돕는 것으로 알려졌으며 장염과 설사, 감기 치료에도 이용했다. 최근에는 개망초에서 추출한 폴리페놀 성분으로 기능성 화장품을 만들고 있다고 한다. 폴리페놀은 항산화 물질의 하나로 건강 유지와 노화 방지, 질병 예방 효과가 있다고 알려져 있다.

흔하디흔한 개망초는 여전히 잡초로 치부되는 신세지만, 농부들은 개망초를 그렇게 미워하지는 않는 것 같다. 환삼덩굴이나 돌콩처럼 농사를 직접 방해하는 것도 아니고, 돼지풀처럼 화분병을 일으키는 유해식물도 아니기 때문이다. 오히려 꿀벌이나 나비를 비롯한 많은 곤충에게 기쁨을 주는 식물이다.

개망초 꽃 만발한 농로를 산책하다가 꿀 채집을 나온 벌들의 붕붕거리는 소리가 들리면 홀로 걸어도 적적하지 않아서 좋다. 개망초의 꽃말이 '화해'라는데, 이 꽃말처럼 논밭가에 핀 수수한 개망초 꽃들을 보면 흰 수건을 쓰고 밭둑을 거닐던 어머니를 만난 듯 기쁨과 위안을 얻곤 한다. 바람이라도 불면 흔들리는 흰 꽃들은 들판을 온통 환하게 밝히는데, 내 마음도 덩달아 환해진다.

봄의 들판으로 나가면 개망초는 그야말로 지천이다.

옥토든 박토든 가리지 않고 최소한의 조건만 되면

싹을 틔워 뿌리를 내리고 꽃을 피운다.

잔설 속에서 싹트는
연둣빛 봄의 전령들

꽃다지 · 광대나물

꽃다지

✲

내 몸에 봄을 부르는 첫 봄나물, 꽃다지

봄나물을 뜯으려고 텃밭으로 나가 앉았는데, 바람이
아주 맵다. 한겨울 삭풍이 연상될 만큼 살을 에는 꽃샘바람.
왜 바람은 꽃이 피는 걸 시샘하는 걸까. 햇볕이 좋아 목도
리도 하지 않고 나왔다가 다시 집으로 들어가 목도리를 두
르고 목장갑도 끼고 나왔다.

텃밭에는 가장 일찍 노란 꽃을 피운 꽃다지가 찬 바람
결에 온몸을 바르르 떨고 있다. 꽃다지 옆엔 아직 꽃을 피
우지 않는 냉이도 보이고, 밭 가장자리엔 연둣빛 잎이 막
돋기 시작한 광대나물도 보인다. 가장 먼저 지상에 모습을
드러내는 봄의 전령들!

꽃다지, 이름이 얼마나 예쁜지! 우리 들꽃들의 이름들
은 참 예쁘다. 꽃마리, 괭이눈, 별꽃, 노루귀, 바람꽃, 패랭
이… 등등. 꽃다지 역시 아주 고운 이름이다. 본래 꽃다지의
접미사인 '다지'는 맨 처음 열린 열매를 가리키는 말인데,

꽃다지라는 이름 속에는 봄에 가장 먼저 꽃을 피운다는 뜻도 들어 있는 것일까. 꽃다지는 해토된 지 얼마 안 된 땅에서 연둣빛 줄기가 나와 이른 봄에 서둘러 꽃을 피운다. 생명의 놀라운 힘을 우리에게 알려주기라도 하려는 듯!

꽃다지는 아주 작은 꽃인데, 작은 꽃들은 가까이서 봐야 더 예뻐 보인다. 나이가 들어갈수록 큰 꽃보다는 작은 꽃들의 아름다움에 더 끌리는 까닭은 뭘까. 바람결에 바르르 떠는 꽃다지 꽃을 한참 들여다보고 있는데, 인기척이 들려 돌아보니 마을 부녀회장인 강릉댁이다.

"뭘 그렇게 들여다보고 계시우?"

"요 녀석들 예뻐서요. 좀 뜯어 먹으려고 나왔는데, 너무 예뻐 뜯질 못하겠네요."

너무 예뻐 뜯질 못하겠다고 너스레를 떨자, 강릉댁이 까르르 웃더니 툭 한마디 내뱉는다.

"며칠 지나면 쇠버려서 못 먹어요. 어서 뜯어다 드시구려!"

강릉댁이 지나간 뒤 난 예쁜 꽃을 휴대폰 카메라에 담은 후 국 끓여 먹을 만큼만 뜯어서 우리 집 셰프에게 건네주었다.

꽃다지는 우리나라의 저지대에서 흔하게 자라는 두해살이풀. 세계적으로는 중국, 일본, 서남아시아, 중앙아시아, 유럽, 북아메리카에서 분포한다. 꽃다지는 햇볕이 잘 들어오는 곳이면 흙의 상태와 관계 없이 어디서나 잘 자란다. 잎은 긴 타원형으로 길이는 2~4센티미터고, 폭은 8~15밀리미터다. 이 식물의 모양은 땅에 찰싹 붙어 방석처럼 퍼져 있다.

꽃은 십자 모양으로 좁쌀을 모아놓은 것처럼 노랗게 핀다. 이렇게 십자 모양을 이루는 꽃들은 '십자화'라고 부른다. 꽃은 원줄기나 가지 끝에 여러 송이가 어긋나게 달리는데, 보통 작은 꽃줄기는 길이가 1~2센티미터로 비스듬히 옆으로 퍼지는 경향이 있다. 열매는 7~8월경에 열리며, 편평하고 긴 타원형으로 길이는 5~8밀리미터 정도다. 꽃다지의 특징은 전체적으로 잔털이 수북하게 나 있다는 것. 열매에도 털이 송송 나 있다. 모양이 비슷하지만 열매에 털이 없는 것은 민꽃다지라 부른다.

꽃다지의 꽃말은 '무관심'으로 알려졌는데, 너무 작아 사람들의 관심을 못 받아 그런 꽃말이 붙었을까. 나는 봄나물을 뜯으러 가면 냉이도 캐고 꽃다지도 캔다. 하지만 사람들은 냉이만 캐고 꽃다지는 외면한다. 풍물시장에 나가보아도 냉이를 캐가지고 나와 파는 이들은 많지만, 꽃다지를 캐다가 파는 이들은 없다. 오랜 세월 동안 봄나물로는 냉이를 으뜸으로 여겨온 관습 때문일까. 그렇게 냉이가 뽑혀 나가는 덕택에 꽃다지는 봄의 들판에서 오래도록 살아남는다.

우리 조상들은 꽃다지를 식용으로 쓰기보다는 주로 약으로 써왔다. 꽃다지는 주로 호흡기, 순환계, 신진대사 계통의 질환을 다스린다. 특히 기침과 천식, 심장질환으로 인한 호흡 곤란, 변비나 몸이 부었을 때도 쓰인다. 또 이뇨작용을 도우며 가래를 제거하는 데도 효능이 있다.[*]

최근에 어느 대학에서는 천연의 식물에서 항암 후보 물질에 대한 연구를 지속적으로 해왔는데, 꽃다지에서 얻어낸 추출물에서 항산화 효과를 밝혀냈으며 이뇨제, 진해거담제, 항바이러스제의 특성을 지닌 것을 알아낸 후 계속 연구하고 있다고 한다.

야생의 풀 요리를 즐기는 우리 집에서는 겨우내 그리

[*] 권혁세, 앞의 책.

워했던 봄나물 중 가장 먼저 잎과 꽃을 피우는 꽃다지를 뜯어다가 갖가지 요리를 해 먹는다. 잎과 줄기를 채취하여 끓는 물에 데쳐 떫은맛을 없앤 다음 나물이나 국거리로 이용한다. 꽃피기 전의 어린 꽃다지를 넣고 된장국을 끓여 먹기도 하고, 간장으로 무침 요리를 해 먹기도 한다.

해 질 무렵, 우리 집 셰프가 불러서 부엌으로 들어가니 내가 뜯어다 준 꽃다지로 요리를 해놨더라. 식탁에 차려놓은 요리를 보니 '꽃다지비빔국수'. 요리 실험을 즐기는 셰프 덕분에 오늘도 새로운 요리를 맛보았다. 양념에 고추장과 땅콩을 집어넣어 매콤하면서도 고소한 맛을 즐길 수 있었다.

봄 요리를 먹고 난 후 문득 든 생각. 봄에 나는 것들을 먹으면 비로소 몸에 봄이 온다. 겨우내 애타게 기다린 봄, 오늘 내 몸에 깃든 연두가 입을 열어 '당신 몸에도 봄이 왔다'고 일러준다.

잔설이 녹을 무렵 봄을 맞이하는 광대나물

희끗희끗한 잔설이 녹을 무렵이면 기다려지는 들풀이 있다. 광대나물! 이 들풀은 하얀 눈 속에서도 잎을 피우며 봄맞이에 나선다. 꽃다지보다는 꽃이 약간 늦게 피지만 자

광대나물

줏빛 꽃을 하늘로 치켜세우고 서 있는 모습은 봄맞이하러 나선 사람에게 반갑다고 손짓하는 것 같기도 하다. 그런 꽃의 모양이 연기를 위해 울긋불긋 화장한 광대들과 비슷하다고 해서 광대나물이라 불린다. 그러니까 광대나물은 '광대'와 '나물'의 조합으로 이루어진 참 재미있는 이름이다.

　얼마 전 아내와 봄 마중을 나갔는데, 마을 둘레길 양지바른 밭둑에 핀 광대나물을 보고 아내가 말했다.

"저 나물 모습을 보면 꼭 불탑 같아요."

"당신 눈이 보배구려. 일찍이 중국인들도 그렇게 이름을 붙였더군요. 보개초寶蓋草라고."

"그게 무슨 뜻이죠?"

"보개는 불상이나 탑의 보륜寶輪 위에 있는 일산日傘 모양의 덮개를 말하는데, 광대나물의 자태가 그와 비슷하게 생겨 보개초라고 했다더군요."

　우리는 걸음을 멈추고 광대나물의 모습을 자세히 살펴보았다. 과연 광대나물 전체의 모습은 잎이 층층으로 나 있어 불탑 같아 보였다. 그러니까 우리나라 사람들은 꽃 모양을 보고 광대나물이란 이름을 붙였고, 중국인들은 줄기와 잎 모양을 보고 보개초라고 이름을 붙인 것. 앙증맞은 또다른 이름도 있다. 내가 사는 동네 할머니들은 꽃이 코딱지처럼 생겼다고 해서 '코딱지나물'이라 부른다.

광대나물은 꿀풀과에 속한 두해살이풀. 유라시아 원산의 귀화식물이며, 추운 지역에서 따뜻한 지역까지 세계적으로 널리 분포한다. 우리나라에서는 전국 각지의 양지바르고 비옥한 땅에서 잘 자란다. 키는 30센티미터 정도. 원줄기는 가늘고 네모지며 밑에서 가지가 많이 생긴다. 잎은 마주나는데, 아래쪽 잎은 잎자루가 길고 둥글며, 반면 위쪽 잎은 잎자루가 없고 톱니가 있는 반원형으로 양쪽에서 원줄기를 완전히 둘러싼다. 꽃은 3~5월에 붉은빛이 도는 자주색으로 피며, 잎겨드랑이에서 여러 송이가 돌려나듯 모여 나온다. 꽃부리는 윗입술이 앞으로 약간 굽고, 아랫입술이 세 개로 갈라진다.

이 식물의 꽃가루받이는 다른 식물들과 다르다. 대부분의 식물은 씨앗을 만들기 위해 벌이나 나비 같은 곤충을 이용해 수정을 하는데, 광대나물은 날씨가 추워 곤충의 활동이 없는 날에도, 꽃부리가 열리지 않고도 암술과 수술이 성숙해 자화수분自花受粉으로 열매를 맺는다.

또 하나 특이한 점은 열매가 익으면 개미가 광대나물을 찾는다는 것. 씨앗에는 향기를 뿜어내는 물질이 있는데, 그 향기를 개미가 아주 좋아한다고 한다. 그런데 개미가 그 씨앗을 물고 옮기는 도중에 떨어뜨려 광대나물이 다시 싹을 틔우고 군락을 이루어 자라는 것이다. 개미집 주변에 광대나물이 많은 것도 그 때문이다. 개미와 광대나물, 요 쪼끄만 것들의 공생이 얼마나 경이로운가.

광대나물에 '나물'이라는 이름이 붙은 것을 보면, 우리 조상들도 이 식물을 나물로 즐겨 먹은 듯하다.《조선식물명휘》라는 책을 보면 먹을 것 구하기가 힘들던 일제강점기에 구황식물로 광대나물을 먹었다는 기록이 있을 정도다. 그러니까 배고픔을 견뎌낼 먹거리로 활용되었다는 것.

우리 집에서는 이른 봄 먹을 수 있는 풀이 많지 않을 때 광대나물을 뜯어 갖은양념으로 무침도 해 먹고, 된장국도 끓여 먹는다. 지난해엔 광대나물을 넣은 쌈장을 만들어 두었다가 상추 같은 쌈채소가 나올 때 쌈에 넣어 먹기도 했다. 또 광대나물의 꽃은 독특한 향이 있어 꽃을 따다 말려서 차로 우려 마실 수도 있다.

광대나물은 약용식물로도 널리 알려져 있다. 본초명으로 접골초接骨草라고 부르는데, 부러진 뼈를 잘 붙게 하고, 뼈를 튼튼하게 하는 약초인 것. 여름에 지상부의 줄기와 잎을 채취하여 말린 것을 달여서 약재로 사용할 수 있다. 또

풍風을 없애는 효능이 있고, 경락經絡을 잘 통하게 할 뿐만 아니라 종기를 삭이고 통증을 없애는 효능도 있다.

지혈작용도 뛰어나 외상을 입어 피가 날 때 광대나물 잎과 줄기를 짓찧어 붙이면 곧 피가 멎는다. 신경통이나 근육통에도 효험이 있다고 하여 우리 집에서는 여름에 전초를 채취해 잘 말려두었다가 가을에 여러 야생초로 환을 만들 때 갈아 넣기도 한다.

이렇게 뛰어난 약성을 지니고 있지만, 사람들 눈에 띄지 않을 만큼 작아서 잡초로 여겨지는 식물. 봄철 밭 가장자리에 군락을 이루어 자라는 광대나물은 농부들에게도 환영받지 못하는 식물이다. 오죽하면 코딱지나물이라는 폄하된 이름으로 불리겠는가. 하지만 아무리 작고 보잘것없어 보여도 그것이 지구별에 사는 존재들에게 필요하니 조물주께서 창조하지 않으셨겠는가. 나는 들길을 걷다가 밭두렁에 핀 그 앙증맞은 꽃을 보는 것만으로도 기뻐서 '고마워!' 하고 감사의 인사를 건네곤 한다. 이처럼 작고 귀여운 녀석들과 눈을 맞추면 그 생명의 광휘가 내 안에도 빛나고 있음을 깨닫게 되더라!

봄꽃들과 마주 앉아 그 눈부심을 본 시인 김용택은 이

렇게 노래했다.

　네 앞에 앉아

　너를 바라본다

　너를 갖는다는 것이

　이렇게 눈부신 것이냐*

---

*　　김용택, 〈꽃다지〉,《연애시집》, 마음산책, 2002.

꽃뱀과도 공생의 순간을
누리는 들풀

왕고들빼기

새벽에 소나기가 내린 뒤 한낮이 되자 볕이 쨍쨍 났다. 나는 점심때 요리해 먹을 풀을 뜯으러 뒤란으로 돌아갔다. 뒤란이 넓지는 않지만 우리 식구들이 먹을 풀들은 넉넉한 편. 오죽하면 아내가 뒤란을 장터라 불렀을까. 돈 한 푼 안 들이고 먹거리를 구할 수 있는 장터. 풀들이 널려 있는 뒤란의 텃밭에서 민들레와 질경이, 개망초, 왕고들빼기 같은 풀들을 뜯어 잡초비빔밥을 해 먹을 요량이었다.

나는 먼저 돌담 밑에 우뚝 자란 왕고들빼기를 뜯으려고 다가갔다. 거름이 좋아서 그런지 왕고들빼기는 내 키보다 더 컸다. 손을 뻗어 길쭉길쭉한 잎을 뜯으려고 하는데, 왕고들빼기 잎줄기 위에 뭔가 구불구불한 게 똬리를 틀고 있었다. 설마, 뱀?

눈을 비비고 다시 보았다. 잘못 본 게 아니었다. 꽃뱀이었다. 깜짝 놀란 나는 뒤로 주춤 물러섰다. 그리고 삽을 가져와 놈을 없애야겠다고 생각했다. 아내가 워낙 뱀을 싫어

하니까. 삽이 있는 헛간으로 종종걸음을 치다가 문득 걸음을 멈추고 돌아섰다. 그리고 왕고들빼기 위에 똬리를 튼 뱀을 다시 보았다. 자기를 해칠지도 모를 존재가 가까이 와 있음을 분명 감지했을 텐데도 녀석은 미동도 않고 햇볕을 즐기고 있었다.

'그래, 젖은 몸을 말리려고 왕고들빼기를 침대 삼아 누워 있구나!'

나는 그 자리에 서서 꼼짝도 하지 않는 녀석을 한참 지켜보았다. 가시도 털도 없는 폭신한 풀 침대에 똬리를 틀고 있는 꽃뱀. 그 순간 붉은 무늬를 지닌 꽃뱀이 왕고들빼기의 꽃처럼 보이는 것이 아닌가. 왕고들빼기의 꽃말이 모정母情이라는데, 그 꽃말에 대한 기억 때문일까. 꽃뱀은 제 어미의 넉넉한 품에 자신을 온전히 내맡기고 쉬는 것만 같았다.

왕고들빼기와 꽃뱀. 나는 이 둘이 하나로 된 환한 광경 앞에서 조금 전까지 휘두르려 했던 마음속 흥기까지 던져버렸다. 식물은 태양빛을 이용하여 물질과 에너지를 생성하고, 동물은 식물이 생성하는 물질과 에너지를 사용한다고 한다. 그러니까 지금 뜨거운 여름 태양 아래 있는 왕고들빼기는 태양에게 의존하고, 꽃뱀은 왕고들빼기에게 의존하여 서로 공생의 순간을 흠뻑 누리고 있는 것. 나는 놈을 방해하지 않으려고 멀찌감치 돌아가서 요리에 쓸 다른 풀들을 채취했다.

한해살이 식물인 왕고들빼기. 우리 가족이 여름에 가장 많이 먹는 풀. 국화과의 왕고들빼기는 유럽 원산의 새 배종 상추_Lactuca sativa_와 같은 속인데, 한자 이름으로는 산 와거山萵苣, '야생에서 나는 상추 종류'라는 뜻이다. 상추가 우리나라에 소개되기 전에는 왕고들빼기가 상추를 대신했을 것이라고 학자들은 추측한다. 왕고들빼기는 개마고원 이남의 우리나라 전역에 분포하는데 시골의 들판, 길가, 덤불 초지, 숲 가장자리, 휴경 밭, 제방 등 양지바른 곳에서 자생한다.

왕고들빼기는 한해살이 식물 중 가장 키가 큰 꺽다리. 무려 2미터까지 쑥쑥 자란다. 그래서일까. 줄기를 잘라보면 속이 비어 있어 덩치에 비해 가벼운 편. 비옥하고 적당한 습기가 있는 땅이면 뿌리 또한 엄청나게 크게 자란다. 이른 봄부터 왕성하게 광합성을 해서 뿌리에 영양분을 잔뜩 저장한 뒤 여름이 되면 크게 성장할 준비를 하는 것. 뿌리는 어떻게 생겼을까 궁금해 캐본 적이 있는데, 두 갈래로 굵어진 독특한 모양을 하고 있었다. 어떤 뿌리는 마치 산삼의 뿌리처럼 보였다. 왕고들빼기 뿌리는 한해살이 식물 가운데 가장 두툼하고 클 것이다.

늦여름에 건강한 꽃이 필 때면, 뿌리에서 돋아났던 근생엽根生葉들은 고사해버리고, 줄기에서 난 경생엽莖生葉들로만 살아간다. 왕고들빼기는 키가 크면서 끝에는 새순이 항상 올라오기 때문에 끝을 꺾어주면 좋다. 이렇게 가지를 쳐서 여러 가지가 올라오면 봄부터 가을까지 자라는 잎을 계속 뜯어서 먹을 수 있다. 꽃은 7~10월에 피고 두화頭花는 원추꽃차례에 달리며 꽃 색상은 연노란색이다. 열매는 9월에 익는데, 다 익은 뒤에도 껍질이 터지지 않고 종자를 싼 채로 땅에 떨어진다. 이렇게 떨어진 씨는 발아하여 도톰한 상태로 겨울을 나고 이듬해 봄에 싹이 돋는다.

왕고들빼기는 제 몸에 상처가 나면 쓴맛이 나는 하얀 진액을 흘린다. 하늘을 날아가던 새들이 찍 갈겨놓은 흰 새똥 같기도 하다. 그래서 내가 사는 강원도나 충청도 지방에서는 왕고들빼기를 '새똥'이라 부른다. 이름 이야기가 나온 김에 왕고들빼기와 고들빼기가 어떻게 비슷한 이름을 지니게 되었는지 정리하고 넘어가자.

왕고들빼기는 '아주 큰 고들빼기'라는 의미가 되겠으

나, 우리가 즐겨 먹어온 고들빼기라는 종과는 전혀 상관이 없다. 본래 고들빼기라는 말은 '고돌비'에서 유래하며, 그 어원은 '아주 쓴 뿌리 나물'이라는 뜻을 지닌 고돌채苦葖菜로, 지금도 만주 지역에서는 그렇게 부른다고 한다. 왕고들빼기는 약간 쌉싸름하지만, 고들빼기만큼 쓰지는 않다. 그래서 고들빼기처럼 물에 우려서 쓴맛을 빼고 요리할 필요는 없다. 우리나라 사람들은 옛날부터 고들빼기처럼 잎과 뿌리를 이용해 김치를 담가 먹었던 식물들을 모두 비슷한 이름으로 불렀던 모양이다.

왕고들빼기는 흔하디흔하지만, 뛰어난 약성을 지닌 소중한 식물이다. 약으로 쓸 때는 전초를 채취하여 깨끗이 씻어 햇빛에 말려 사용한다. 왕고들빼기는 편도선염, 자궁염, 인후염, 유선염 등 각종 염증에 효험이 있으며, 특히 소화를 돕는다고 한다. 장이 불편한 분들에게 권할 만한 약초다. 앞서 간략히 언급했지만, 잎이나 줄기를 꺾으면 하얀 진액이 흘러나오는데, 이 진액은 사포닌 성분을 함유하고 있어 항암 효과가 있는 것으로도 알려져 있다.[*]

*   권혁세, 앞의 책.

이런 약성을 알고 난 뒤 우리 가족은 봄부터 가을까지 왕고들빼기로 다양한 요리를 해 먹는다. 가장 많이 해 먹는 요리는 왕고들빼기주스. 요리하기도 어렵지 않은데, 어린 잎을 뜯어 깨끗이 씻은 뒤 껍질을 벗긴 사과와 함께 믹서기에 갈아주면 끝. 속이 더부룩할 때 왕고들빼기주스를 마시면 금방 속이 편안해진다.

왕고들빼기로 겉절이도 자주 해 먹는데, 배탈이 나거나 입맛이 없는 여름철에 요리해 먹으면 달아났던 입맛도 돌아온다. 상추겉절이를 할 때와 같은 양념으로 요리하면 된다. 왕고들빼기 잎을 뜯어다가 살짝 데치는 조리법도 있는데, 데친 잎을 꾹 짜 물기를 제거하고 간장이나 된장으로 무치면 된다. 밀가루나 튀김가루를 입혀 전을 부쳐도 고소한 맛을 즐길 수 있다. 왕고들빼기의 쌉싸름한 맛을 좋아하면 잎을 깨끗이 씻어서 상추처럼 쌈을 싸서 먹어도 좋다. 쌈 싸 먹기를 아주 좋아하는 아내는 왕고들빼기를 '쌈 채소의 왕'이라 부른다.

뒤란에서 꽃뱀을 본 며칠 뒤였다. 나는 내가 사는 지역의 시립도서관에서 독서 모임의 리더로 활동하고 있는데, 그날은 데이빗 소로우의 《월든》을 읽고 와 함께 얘기를 나누는 시간이었다. 나는 모임의 분위기를 부드럽게 하기 위해 며칠 전, 왕고들빼기의 꽃이 된 뱀 이야기부터 들려주었다. 그런데 내 얘기가 끝나자마자 한 여성이 갑자기 엄지를 치켜세우며 입을 열었다.

"역시 시인 선생님 눈은 다르군요. 뱀을 왕고들빼기의 꽃으로 보시다니! 그런데 선생님네 텃밭에 가면 왕고들빼기를 좀 얻을 수 있나요?"

내가 웃으며 되물었다.

"왕고들빼기를 무척 좋아하나봐요?"

그는 고개를 끄떡거리면서, 자기가 왕고들빼기를 얻고 싶은 까닭이 있다고 했다. 요즘은 너무 가물어서 그런지 마트에 가도 자기가 좋아하는 채소를 구할 수 없다는 것. 올여름 계속되는 폭염으로 채소가 귀할 뿐만 아니라 채솟값이 천정부지로 뛰었다는 건 나도 알고 있었다.

"아하, 그러면 모임 끝난 후 우리 집에 같이 가요. 원하는 만큼 나눠 드릴 테니."

독서 모임을 마친 후 나는 곧 그를 데리고 집으로 돌아왔다. 집에 도착하자마자 나는 그를 우리 집 뒤란으로 안내했다. 돌담 밑에 무성하게 자란 왕고들빼기를 본 그는 입을 딱 벌리며 좋아했다. 그러고는 신바람 난 표정으로 왕고들빼기를 뜯어 비닐봉지에 담았다. 그가 왕고들빼기를 채취하는 동안 나는 풋고추와 싱싱한 오이도 몇 개 따서 건네주었다.

"아니, 왕고들빼기만 얻어 가도 되는데… 선생님, 고맙습니다."

"고맙긴요. 오늘 우리가 읽은 책에서 소로우가 그러잖아요. 하늘이 베풀어준 대자연의 선물을 소유로 여기지 말고 이웃과 더불어 향유하라고…."

"아 그 말씀, 이제 가슴에 확 와닿네요."

왕고들빼기를 뜯어 돌아가는 그를 배웅하고 나서 나는 뒤란의 텃밭을 바라보며 혼자 중얼거렸다. 뒤란에 깃든 식물들, 하늘이 주신 선물을 이웃들과 흠뻑 향유하리라. 그날 밤 나는 내가 좋아하는 체로키족 인디언의 시 한 편을 붓글씨로 써서 우리 집 부엌에 붙였다.

음식을 먹기 전에 감사의 마음을 갖는
단순한 행동 하나만으로도 우리는
우리 안에 있는 밝은 빛과 연결될 수 있다.
그것을 신이라고 불러도 좋고,
빛이라고 해도 좋다.

그 순간 우리는 마음이 열리고 자비심을 갖게 된다.

아직 부족하다는 것은 환상일 뿐이다.

세상에는 모든 인간이 먹을 충분한 양식이 있다.

다만 우리가 기꺼이 나누기만 하면 된다.[*]

---

*   류시화 엮음, 《민들레를 사랑하는 법》, 나무심는사람, 1999.

왕고들빼기

어찌하여 이렇게
귀한 나물인가

씀바귀

✢

산마다 붉은 진달래꽃 벙글고 멀리 산능선 아래로 연분홍 산벚꽃 흐드러질 때면, 오래된 그리움이 꽃향기에 실려온다. 그리움의 중심엔 흰 수건 머리에 두르고 봄나물 뜯던 어머니가 계시다. 댕댕이바구니 허리에 끼고, 들판을 헤집고 다니시는 어머니 뒤를 졸졸 따라가던 일곱 살 소년도 있다.

지금도 봄이 오면 그리운 시간의 수레바퀴를 자주 거꾸로 돌려보게 된다. 보릿고개라는 절대 가난이 삶을 무겁게 옥죄었던 시절. 돌아보면 무지근한 시절이었지만, 그 시절로 돌아가고 싶은 맘이 불쑥불쑥 샘솟는 건 무엇 때문일까. 과거 어느 때보다 물질적 풍요를 누리고 있으나 오늘 우리의 삶이 질적으로 더 궁핍하다고 느끼기 때문일까.

소농의 어려운 살림을 꾸려가던 어머니는, 봄철엔 식구들 입에 들어갈 먹거리를 들판에서 뜯은 봄나물로 해결했다. 논이나 밭두렁으로 댕댕이바구니 들고 나가면 먹을 것이 흔하디흔하게 널려 있었다. 어느 날 어머니 뒤를 따라가다가 물었다.

"엄마, 오늘은 뭘 뜯을 거예요?"

"응, 오늘은 냉이도 뜯고 씀바귀도 캐야지."

"냉이만 뜯어가요. 씀바귀는 너무 써서 싫어요."

그 무렵 나는 어머니가 뜯어다 자주 쑤어준 씀바귀죽에 잔뜩 질린 터. 먹을거리가 궁한 시절이니 마지못해 씀바귀죽을 먹긴 했지만, 나는 된장으로 끓인 담백한 냉잇국을 더 좋아했다. 어머니는 씀바귀를 캐다가 나를 돌아보며 말씀하셨다.

"알았어, 오늘 저녁엔 네가 좋아하는 냉잇국 끓여줄게. 그런데 너 토끼가 가장 좋아하는 풀이 뭔지 아니?"

"토끼풀이죠, 뭐."

시큰둥한 내 대꾸에 어머니가 빙그레 웃었다.

"그래, 토끼풀도 좋아하지만, 씀바귀를 더 좋아한단다. 씀바귀는 토끼의 쌀밥인 셈이지."

"정말요?"

"그렇단다. 토끼는 새끼를 가지거나 병에 걸리면 씀바귀를 뜯어 먹고 스스로 병을 치료하지. 우리는 토끼 같은 동물에게 배워야 한단다. 우리가 봄철에 씀바귀를 먹으면

배 속이 따뜻해져서 여름에 더위를 타지 않게 되지. 또 식
중독에 걸리거나 배탈도 나지 않는단다."

　지금 생각해보면, 어머니는 음식으로 가족의 병든 몸
을 치유하는 의사. 우리 조상들은 병을 고치는 의사로 세
부류가 있다고 했다. 그중 으뜸은 마음을 다스려 병을 고치
는 심의心醫, 그다음은 음식으로 병을 고치는 식의食醫, 마
지막으론 약으로 병을 고치는 약의藥醫. 오늘날 사람들은
의사라고 하면 약의밖에 모르지만, 사실 약의는 식의에 미
치지 못한다. 그러니까 어머니는 음식으로 병을 다스리는
'식의'였던 셈. 어머니는 봄철엔 주로 쓴 나물을 부지런히
뜯어 음식을 만들어 식구들의 섭생을 챙겼다. 내 어린 시절
엔 씀바귀 외에도 고들빼기, 민들레, 머위 같은 쓴맛이 강한
식물들을 많이 먹었다.

　어머니는 몇 년 전 99세를 일기로 세상을 떠나셨는데,
그렇게 무병장수하실 수 있던 건 평생 쓴맛 나는 음식을 즐
기신 까닭이 아닐까. 요즈음은 사람들이 너무 단맛 나는 음
식만 좋아한다. 쓰고 떫은 것은 거의 먹지 않고 달콤한 것
만 즐겨 먹는다. 마약만 중독성이 있는 것이 아니라 음식의
단맛도 중독성이 있다. 달콤한 것을 많이 먹을수록 맛에 대

한 감수성이 무디어져서 달콤한 것을 더 찾게 된다.

단맛 나는 음식만 먹으면 다른 맛을 느끼는 감각도 퇴화한다. 즉 쓴맛이나 신맛, 짠맛, 떫은맛을 느끼는 기능은 퇴화하고 오직 단맛만 잘 느끼도록 미각이 발달한다는 것. 요즘 사람들이 단맛에 열광하는 건 TV의 숱한 요리 프로그램을 보아도 알 수 있다. 누구나 다 아는 유명한 셰프의 방송을 보면 그는 음식에 설탕을 쏟아붓는다 싶을 정도로 많이 넣는다. 이처럼 단맛에 중독되면 정신은 쇠락하고 육신은 병으로 고통받게 된다.

누구나 아는 것처럼 음식의 맛은 다섯 가지다. 달고 맵고 쓰고 시고 떫은 맛. 이 다섯 가지 맛을 골고루 섭취해야 우리 몸의 장부臟腑가 평형을 이룰 수 있는 것. 한 가지 맛의 음식에만 꽂혀 편식하면 몸의 균형이 깨져 온갖 질병을 피할 수 없다. 쓴맛을 싫어하고 단맛을 즐기는 사람들은 온갖 질병에 취약하다. 특히 암, 당뇨병, 고혈압, 비만은 단맛만 즐겨 섭취하는 데서 온 결과라고 할 수 있다.

이처럼 균형을 잃어버린 우리의 먹거리에 대해 깊이 관심하면서 나는 현대인들이 기피하는 쓴맛 나는 식물 중 하나인 씀바귀를 유심히 살피게 되었다.

씀바귀는 국화과에 딸린 여러해살이풀. 키는 30~50센티미터까지 자라는데 초여름에 노란색 꽃을 피우고 가을에 씨앗이 여문다. 씀바귀와 닮은 식물인 고들빼기는 두해살이풀이지만 씀바귀는 수십 년을 살 수 있다. 뿌리가 옆으로 뻗어나가면서 싹이 나서 번식하는데, 더러 수백 포기나 수천 포기가 빽빽하게 군락을 이루면서 자라기도 한다. 다년생 초본인 씀바귀는 식물의 땅속줄기인 근경根莖이나 종자로 번식한다. 우리나라 전역에 분포하며 산야에서 저절로 나서 자란다.

씀바귀의 종류는 세계적으로 백여 종이 넘고, 우리나라에도 갯씀바귀, 벋음씀바귀, 좀씀바귀, 흰씀바귀, 냇씀바귀, 꽃씀바귀, 노란씀바귀 등 십여 종류가 있다. 어느 종류나 뛰어난 약성을 갖고 있는데 그중에서도 뿌리가 얼기설기 길게 뻗어나가는 벋음씀바귀의 약효가 제일 좋다. 어린 시절 어머니와 함께 뜯었던 씀바귀의 종류는 잘 기억나지 않지만, 지금 내가 사는 마을의 논두렁에서 많이 자라는 씀바귀는 주로 노란색 꽃이 피는 벋음씀바귀다.

씀바귀는 지역에 따라 쌈배나물, 씀바기, 쓴귀물, 싸랑부리, 꽃씀바귀 등 여러 이름으로 불리는데, 특히 나귀채那貴菜라는 이름이 씀바귀의 장점을 잘 드러내는 것 같아서 나는 이 이름을 좋아한다. 한자로 어찌 나那에 귀할 귀貴, 나물 채菜로 쓴다. '어찌하여 이렇게 귀한 나물인가?'라는 뜻. 우리 조상들이 씀바귀를 얼마나 귀하게 여겼으면 이런 이름을 붙였겠는가. 온 산과 들에 흔하게 널려 있는 데다가 지금은 쓴맛이 강해서 사람들이 잘 먹지도 않는 씀바귀를 가장 귀한 나물이라고 한 까닭은 무엇일까.

씀바귀는 내 어린 시절처럼 끼니를 때울 수 있는 식재료로서도 가치가 있지만, 병을 치료하는 약성 또한 뛰어난 식물이다. 씀바귀의 대표적 효능을 하나만 꼽으라면, 암 예방 및 치료에 관한 효능을 꼽을 수 있다. 암세포 증식과 관련한 어떤 연구에 따르면, 씀바귀는 암세포 증식률을 최소 60퍼센트에서 최대 87퍼센트까지 억제한다고 한다. 씀바귀는 여기에 더해 정상 세포는 최대한 보호하고, 암세포만을 억제해 더 높은 효능을 인정받았다고 한다. 이는 씀바귀에 들어 있는 알리파틱이라는 성분 때문인데, 이 성분은 면역력을 높이고 암세포의 증식을 억제하는 효능이 있다고 한다.

씀바귀는 숱한 염증성 질환에도 매우 좋은 치료약으로 쓰여왔다. 염증 치료약으로 씀바귀를 따라올 식물은 없을 것이다. 또 씀바귀에 들어 있는 쓴맛을 내는 물질은 위장의 기능을 튼튼하게 하고, 입맛을 좋게 하며, 식중독이나 급성 위염이나 급성 장염에 효과가 아주 좋다. 이 쓴맛이 나는 성분은 진정제 효과가 있어 마음을 침착하고 편안하게 하므로 불면증을 없애고 숙면에 들도록 해준다.

씀바귀는 생명력과 면역력이 매우 강력한 식물이다. 겨울철에도 죽지 않고 푸른 잎이 살아 있다. 아무 곳에서나 잘 자라고 벌레도 먹지 않으며 강한 생명력으로 오래 산다. 이처럼 수명이 긴 식물을 먹으면 사람도 장수한다. 추운 겨울에도 들길을 걷다 보면 씀바귀는 푸른 잎을 뽐내며 혹한의 추위를 잘 견디고 있다.

이렇게 씀바귀처럼 섭씨 영하 20도 이하의 매서운 추위에도 얼어 죽지 않는 식물은 민들레, 보리, 밀, 인동忍冬 등이 있는데 모두 성질이 따뜻하다. 우리 몸에 이로운 약초를 알아내는 원리는 의외로 간단하다. 몸이 차가워져서 생긴 병을 고치려면 성질이 따뜻한 약초를 먹으면 된다. 그러니까 성질이 따뜻한 씀바귀를 먹으면 우리 몸도 따뜻해진다. 몸이 따뜻해지면 병에 대한 면역력도 강화된다.

또 씀바귀는 노화 방지의 효능도 있다. 씀바귀에는 활성산소를 제거해주는 시나로사이드라는 성분이 들어 있는

데, 이 성분은 피부의 노화를 억제하고 성인병 예방을 도와 건강한 몸을 유지할 수 있게 해준다. 이처럼 소중한 약초가 잡초로 취급되는 걸 보면 얼마나 안타까운지!

우리 집에서는 어린 씀바귀의 뿌리까지 캐어 나물로 많이 먹는다. 날것으로 요리해 먹기도 하고 살짝 끓는 물에 데쳐서 고추장이나 된장으로 무쳐 먹기도 한다. 이른 봄에 돋아나는 어린 씀바귀는 별로 쓰지 않아 우려내지 않아도 먹을 수 있다. 씀바귀로 김치도 담가 먹는데, 쌉쌀한 맛과 독특한 풍미가 입맛을 돋운다. 씀바귀는 "외갓집 문지방이 높아야 잘 먹을 수 있다"는 속담이 전해져올 만큼 우리 조상들이 귀하게 여긴 나물이다. 씀바귀의 뛰어난 약성에 매료된 우리는 봄철에 씀바귀를 뜯어다가 깨끗이 씻어 말려서 환을 만들어두며 우리 식구들도 먹고 이웃의 아픈 이들에게도 나누어 준다. 해독력이 탁월한 쥐눈이콩 가루도 섞어서 환을 만들면 환의 약성을 더 높일 수 있다.

쓴맛이 강한 씀바귀로 만든 음식이나 환약을 먹다 보면, 중국의 《시경》에서 읽은 사자성어가 떠오른다. 근도여이 菫荼如飴. 쓴맛을 보고 나야 인생의 단맛을 알 수 있다는 뜻. 힘들고 어려운 시절을 함께한 사람으로부터 버림받은 여인의 아픔을 쓰디쓴 씀바귀에 빗댄 시구인데, 그런 여인의 아픔에 비하면 씀바귀는 오히려 달다는 것.

하여간 이 사자성어를 곱씹다 보면, 고생 끝에 즐거움이 온다는 고진감래苦盡甘來라는 속담도 포개진다. 단맛에 취해 입맛을 잃고 건강마저 잃어버린 이라면 감미甘味만을 탐하는 어리석음에서 벗어나, 병든 몸을 살리고 영혼도 살리는 쓴맛의 부름에 기꺼이 응해보자. 댕댕이바구니가 없으면 비닐봉지라도 챙겨 들고 어슬렁어슬렁 봄의 들판으로 나가보자. 초등학교 때 부르던 〈봄맞이 가자〉라는 동요라도 흥얼거리며!

동무들아 오너라 봄맞이 가자
너도나도 바구니 옆에 끼고서
달래 냉이 씀바귀 나물 캐오자
종달이도 높이 떠 노래 부르네

농사는 자연이 짓고
나는 그 시중을 든다

흙과 지렁이

토종 무

장마가 끝나자마자 토종 배추 씨앗과 토종 무 씨앗을 서둘러 뿌리기로 했다. 자연농을 하고 있는 터라 무성히 자란 여름풀들을 대충 뽑아내고 씨앗을 심을 참이었다. 밭에 뒤덮인 풀을 뽑아내자 파헤쳐진 흙 속에서 굵은 지렁이들이 꿈틀거렸다. 곁에서 일을 거들던 아내가 지렁이들을 보고 반색을 했다.

"와, 지렁이 밭이 됐네요."

15년 전 귀농할 때만 해도 악귀를 본 듯 소스라치던 여인이 지렁이를 흔감하다니! 10년이면 강산도 변한다더니, 아내 의식의 강산이 변한 것인가. 나는 아내의 표현이 재미있어 킥킥거리며 웃다가 대꾸했다.

"누구는 지렁이를 지구의 정원사라 부르던데?"

"멋진 호명이네요. 정원사가 다치지 않도록 조심해야겠어요."

지렁이나 땅강아지 같은 생물은 눈을 씻고 보아도 볼

77   흙과 지렁이

수 없던 황폐한 밭. 오랜 세월 농약과 비료로 산성화된 박토를 옥토로 만들기 위해 그동안 얼마나 애를 썼던가. 들판의 풀들을 베어다 넣고, 먹고 남은 음식물을 모아 넣고, 아침마다 요강의 오줌을 단지에 모아 썩혀서 넣기를 15년. 마침내 지렁이들이 우글우글 붐비는 옥토가 된 것.

　나는 풀을 뽑아낸 후 흙 한 줌을 손으로 움켜잡았다가 손가락을 벌려본다. 흙이 가루처럼 부드럽게 흘러내린다. 산의 부엽토가 그렇듯 영양분이 많은 밭의 흙은 부드럽다. 건강한 흙에서는 매혹적이고 싱그러운 향기도 난다. 이처럼 흙에서 생명의 냄새가 물씬 풍기는 것은 다 지렁이 덕분이다.

　세계 역사에서 지렁이를 주목하고 본격적으로 연구한 사람은 《종의 기원》이라는 저서로 널리 알려진 영국의 박물학자이며 진화론자인 찰스 다윈. 그는 지렁이가 오물과 썩은 낙엽을 어떻게 흙으로 바꿔놓는지, 우리 발밑에 있는 땅이 지렁이의 몸을 통해 어떻게 순환되고 있는지를 연구했다. 다윈은 늘그막에 거실에다 큰 항아리를 들여다놓고 그 안에 지렁이를 키우며 그 습성을 관찰했다. 주위의 사람들은 빈정거렸다. 유명한 학자가 자기 본분을 잊고 미친 짓을 하고 있다고. 그러나 옹고집쟁이 다윈의 지렁이에 대한 사랑과 탐구는 멈출 줄 몰랐다. 계속된 연구를 통해 그는 지렁이들이 낙엽을 잘게 부술 뿐 아니라 작은 돌까지 부수어서 똥으로 배출해 건강한 무기질 흙을 만든다는 것을 알게 되었다.

실제로 지렁이는 매일 자기 몸무게의 두 배나 되는 똥을 싼다. 유기물이나 흙을 먹고 그것을 똥으로 배출하는데, 먹은 음식의 20퍼센트 정도만 소화하고 나머지는 그냥 잘게 부수어서 몸 밖으로 배출하는 것. 지렁이가 배설한 유기물은 일반 유기물보다 더 잘 분해되고 식물들이 쉽게 이용할 수 있다. 지렁이 똥에는 질소와 탄소, 칼슘, 마그네슘, 칼륨, 나트륨, 망간 등 무기질 양분도 풍부하다.

다윈은 지렁이를 관찰하면서 지구의 살갗인 흙을 바라보는 관점의 문을 새롭게 열어놓았다.

어떤 벌판이든 지표의 흙 전체가 몇 해 단위로 지렁이 몸통을 거쳐왔고, 앞으로도 거쳐갈 것이라 생각하면 놀랍기만 하다. 쟁기는 사람의 발명품 가운데 가장 오래된 소중한 것에 속한다. 하지만 사실 사람이 지구에 살기 훨씬 오래전부터 지렁이들이 땅을 규칙적으로 쟁기질해왔고 지금도 변함없이 땅을 갈고 있다. 세계사에서 이 하등동물에 버금갈 만큼 중요한 일을 한 동물들이 있기나 한지 의문이다.[*]

다윈의 글을 읽은 후 나는 지렁이를 새로운 시선으로 바라보게 되었다. 비가 많이 내린 뒤 길바닥에 나와 있는 지렁이를 보면 '너 왜 여기 나왔어? 자동차 바퀴에 깔려 죽을려고!' 하며 손으로 냉큼 집어 풀밭으로 넣어주곤 했다. 자연스레 농법農法도 바뀌었다. 소위 무경운을 첫 번째 원칙으로 한 것. 다시 말하면 땅을 갈아엎기 위해 쟁기를 사용하지 않고, 오로지 지렁이의 쟁기질에 의지해 농사를 짓는다. 지렁이는 일생 동안 모든 것을 바쳐 농사일에 헌신하는, 마당쇠를 능가하는 상일꾼이 아닌가.

15년 만에 커피색으로 변한 텃밭의 건강한 겉흙은 나의 노력도 있긴 하지만 상일꾼의 부단한 쟁기질 덕분이다. 겉흙의 두께는 기껏해야 5센티미터를 넘지 않는다. 보통 농부들은 쟁기나 삽으로 땅을 파 뒤집는데, 그렇게 하면 땅을 기름지게 하는 지렁이 개체수가 줄어들고 영양소 풍부

[*] 찰스 다윈, 최훈근 옮김,《지렁이의 활동과 분변토의 형성》, 지만지, 2014.

한 겉흙을 잃어버리기 쉽다. 건강한 겉흙이 만들어지기까지는 아주 오랜 세월을 기다려야 한다.

내가 처음 자연농을 한다고 했을 때 아내는 과연 농작물을 수확이나 할 수 있을지 미심쩍다고 했다.

"여보, 날 믿어봐요. 그래도 내가 농업고등학교 출신이잖아!"

나는 강원도 산골에서 농업고등학교를 다녔고, 일찍 홀로 된 어머니를 거들며 농사일을 배웠다. 당시 어머니는 천 평쯤 되는 밭농사를 지으셨는데, 어느 날 고추밭을 매다가 어머니가 한 말씀이 지금도 새록새록하다.

"애야, 고추밭 고랑의 풀은 뽑아야 하지만, 가장자리의 풀은 그냥 둬라!"

"왜요?"

"큰비가 내리면 겉흙이 유실되기 때문이지. 영양소가 풍부한 겉흙이 유실되면 농사를 해도 제대로 결실을 거둘 수 없거든."

그 당시엔 어머니의 말씀을 이해할 수 없었으나 지금은 충분히 이해한다. 그래서 밭 가장자리의 풀을 뽑거나 베지 않는다. 올여름엔 우리나라 전역에 큰 홍수가 났다. 우리 마을도 예외일 수 없었다. 어느 날 장맛비가 잠시 멎은

틈에 우산을 쓰고 들판으로 나가보았더니, 몇 해 전 귀농한 젊은 농부가 가꾸는 산밭의 흙이 많이 유실되어 있었다.

콩과 들깨를 심은 밭이었는데, 그 소중한 겉흙이 길가로 떠밀려와 벌겋게 쌓여 있었다. 좋은 농사꾼은 풀과 벌레들과 싸우지 말고 친하게 지내야 한다. 풀과 벌레는 무찔러야 할 적이 아니다. 그런데 이 젊은 친구는 농사로 소득을 얻기 위해 풀과 벌레와의 전쟁을 치렀던 것. 제초제를 뿌려 밭 가장자리의 풀까지 다 죽인 결과 그 소중한 흙을 잃어버린 것이다.

《흙》이라는 책을 쓴 데이비드 몽고메리는 지구의 살갗, 즉 겉흙이 얼마나 중요한지에 대해 이렇게 말했다.

기름진 겉흙은 그야말로 미생물들의 세상이기도 하다. 미생물은 식물이 유기물질과 무기질 흙에서 양분을 얻도록 돕는다. 겉흙 한 줌 속에 사는 미생물들의 수가 몇십억 마리에 이르기도 한다. 500그램도 안 되는 흙 속 미생물들의 수가 지구 전체에 사는 사람 수보다 많다.[*]

---

[*]   데이비드 몽고메리, 이수영 옮김, 《흙》, 삼천리, 2010.

헉! 한 줌 흙 속에 그렇게 많은 미생물이 살고 있다니. 우리 육안으로 볼 수 없는 미생물들은 양분을 배출하고 유기물질을 썩혀 땅을 식물이 살기에 알맞은 곳으로 만드는 역할을 한다. 그런 땅은 농사를 지어 양식을 얻기에도 좋은 땅. 그런데 우리는 돈벌이에 미쳐 농약과 제초제로 땅을 황폐화시키고 말았다. 우리나라 농토 대부분이 지렁이나 미생물들이 살 수 없는 박토. 땅을 성스럽게 여기지 않고 단순한 자원으로 보는 삶의 방식 때문에 오늘 우리는 무서운 환경 재앙을 겪고 있지 않은가.

언제부턴가 우리는 '지속가능'이라는 말을 많이 사용한다. 인류의 삶이 지속될 수 없을 거라는 의혹을 품은 말이 아닌가. 나는 생태적 위기에 깊은 관심을 가지면서 인류의 고전들 속에서 지속가능한 삶의 원형을 부단히 찾아왔다. 그중 고대 유대인들의 삶의 비전이 담긴 성경을 읽다가 그 원형을 발견하고서 무척 기뻤다. 유대인들은 나무를 심고 나서 열매가 달리기 시작해도 4년 동안은 열매를 따 먹지 않는다고 한다. 땅에 떨어진 열매가 썩어 땅을 비옥하게 하도록 그대로 둔다는 것(《레위기》 25:1~5). 그리고 땅에도 안식년 규칙을 두어 6년 동안은 땅에 씨앗을 파종하여 수확을 하고 7년째 되는 해에는 땅을 갈지도 않고 씨앗도 뿌리지 않고 묵혀 풀만 자라도록 한다(《출애굽기》23:10~11).
얼마나 아름다운 생태적 지혜인가. 메마르고 척박한 땅에
사는 유대인들은 먹거리가 늘 부족하고 궁핍을 면하기 어
려웠을 텐데, 그들은 지속가능한 미래를 위해 오늘의 고통
을 감내하며 건강한 흙의 보존에 힘을 기울였던 것.

　나는 이런 생태적 지혜에 공감하여 우리 집 뒤란에 심
은 매실나무와 대추나무의 열매를 4년이 지나도록 따 먹지
않았고, 5년째 되는 해에야 첫 열매를 수확했다. 고대 유대
인들이 실천했던 이런 느긋한 삶의 지혜를 복원할 수 있을
때 우리는 인류가 직면한 환경 재앙을 극복하고 우리 자식
들에게 지속가능한 미래를 물려줄 수 있으리라.

　인도의 고전인 《우파니샤드》에서도, 우리 발에 짓밟히
는 흙은 '참 존재'로서 드높게 칭송받는다.

　아들아, 한 줌의 흙덩어리를 알면 그 흙으로 만들어진 모
든 것을 알게 된다. 흙으로 만들어진 모든 것들은 그것을
소리로 부르기 위하여 다른 이름들을 붙인 것에 지나지
않는다. 그중에 오직 흙만이 참 존재인 것이다.[*]

이런 고대인들의 삶의 지혜를 오늘날 자기 삶으로 실천하는 사람은 드물다. 그러나 일본 자연농법의 대가인 후쿠오카 마사노부는 다르다. 그는 고대인들의 지혜가 깃든 삶을 알뜰살뜰 보듬고 사는 진정한 농부처럼 보인다. "농사는 자연이 짓고 농부는 그 시중을 든다." 후쿠오카의 멋진 농사 철학이 담겨 있는 말이다. 어설픈 농사꾼이지만 나도 자연이 짓는 농사에 시중 드는 농부로 남은 생을 살고 싶다. 그것이 참 존재인 흙을 닮아 참 사람이 되는 길이라 여기기 때문이다.

대지는 단순한 토양이 아니다. 푸른 하늘은 단순한 공간이 아니다. 대지는 신의 정원이고, 푸른 하늘은 신들의 공간이다. 신의 정원을 가꿔서 얻은 곡식을 하늘을 우러러 감사하며 먹는 농부의 생활이야말로 인간의 최선이자 최고의 생활이다.**

---

* 이재숙 옮김, 〈찬도기야 우파니샤드〉, 《우파니샤드》, 한길사, 1996.

** 후쿠오카 마사노부, 최성현 옮김, 《자연농법》, 정신세계사, 2018.

식물은 서로
다투지 않는다

민 들 레

✝

　싱그러운 연둣빛의 물결이 골짜기 가득 번지고 있었다. 4월의 봄날, 치악산 깊은 골짜기로 귀농해 은자처럼 사는 친구를 찾아가는 길. 그는 돌 많은 산밭을 일궈 복숭아나무를 심고 농원을 가꾸며, 야생과 공존하는 삶을 소중히 여기는 친구. 농원 앞에 도착해 그가 사는 오두막으로 올라갔는데, 외출했는지 친구가 보이지 않았다. 휴대폰으로 전화를 걸었더니, 지금 풍물시장에 갔다가 들어오는 길이라며 잠시만 기다려달라고 했다.

　오두막에 가만히 앉아 있기도 무료해서 비탈진 농원으로 올라갔다. 복숭아나무엔 붉은 꽃눈이 톡톡 올라오고, 나무들 사이로는 온갖 풀싹들이 올라오고 있었다. 농원 위쪽 복숭아나무들 사이에는 친구가 애지중지 키우는 토종 민들레가 쫙 깔렸었는데, 어쩐 일인지 민들레는 몇 포기밖에 보이지 않았다. 사실 난 친구도 보고 싶지만, 하얀 별들이 쏟아져내린 것 같은 민들레 꽃밭을 보고 싶어서 온 것이기도 했다.

　　　　　　　　　　　　　　　　　　민들레

잠시 후 친구가 도착했는지 아래쪽에서 경적 소리가 삑삑 울렸다. 나는 다시 오두막 쪽으로 걸음을 옮겼다. 오랜만에 친구의 얼굴을 보니 반가워서 두 팔을 벌려 끌어안았다.

"풍물시장 다녀오는 길이라고?"

"응, 반찬거리 몇 가지 사고. 사치품도 좀 샀지."

"사치품이라니?"

"아, 꽃씨! 나처럼 혼자 사는 사람에게 꽃은 사치잖아."

털보인 친구는 자기가 뱉은 말이 겸연쩍은 듯 긴 수염을 만지작거리며 바보처럼 웃었다. 나도 따라 웃었다.

"그런데 농원에 가보니, 토종 민들레가 거의 안 보이더라고?"

"멧돼지들이 다 모셔갔어."

얼어붙은 땅이 녹을 무렵, 한밤중에 멧돼지들이 산에서 내려와 민들레 뿌리를 다 캐 먹었다는 것. 마치 쟁기로 땅을 갈듯이 주둥이로 파헤쳐놓았는데, 봄이 되어도 민들레가 거의 나오지 않더라는 것이다.

"허허, 고놈들. 어찌 알았을꼬. 민들레가 좋은 약초라는 걸!"

"동물들은 제 몸에 좋은 약초를 사람보다 더 잘 알잖아."

친구는 씁쓰레한 웃음을 짓다가 지난해 토종 민들레 뿌리로 담은 술이 있다며 주전자에 담아 내왔다. 약간 독했지만 쌉싸름한 맛이 일품이었다. 오랜만에 만난 친구와 술잔을 기울이며 회포를 풀고 문을 나서는데, 선물이라며 지난해에 말려놓은 토종 민들레 뿌리를 비닐봉지에 잔뜩 담아주었다.

흰 꽃을 피우는 토종 민들레는 무척 귀하다. 현재 우리나라에 자라는 민들레는 대부분 노란 꽃을 피우는 서양민들레. 이 밖에도 털민들레, 흰민들레, 산민들레, 좀민들레 등 십여 종이 우리나라에 분포한다. 세계적으로는 400여 종의 민들레가 있다고 한다.

민들레는 다년생 초본으로 뿌리줄기나 종자로 번식한다. 들이나 길가에서 자라며 잎은 묵은 뿌리에서 원줄기 없이 뭉쳐나와 옆으로 방사형으로 퍼지며, 지면을 따라 납작하게 붙어 자라는데, 잎몸은 깊게 갈라지고 가장자리에 큰 톱니가 있다. 중심 뿌리는 굵고 곧게 생겼으나 옆으로 뻗은 곁뿌리들은 매우 빈약한 편이다. 여러 꽃이 꽃대 끝에 머리 모양으로 피어서 한 송이처럼 보인다.

꽃은 4~5월에 피는데 높이 솟은 꽃줄기 끝에 두상꽃

차례로 달린다. 두상꽃차례란 여러 꽃이 꽃대 끝에 머리 모양으로 피어서 한 송이처럼 보이는 걸 말한다. 꽃줄기는 잎의 무더기 가운데에서 솟아 나오며 속이 텅 비어 있다. 꽃줄기는 처음에는 잎보다 다소 짧지만 꽃이 핀 뒤에 길게 자라는데, 흰 털로 덮여 있으나 점차 없어지고 두상화 밑에만 털이 남는다. 꽃은 봄에 노란색으로 피고 여러 개의 낱꽃이 모여 피는 겹꽃이다. 혀 모양의 낱꽃에는 수술 다섯 개, 암술 한 개가 있으며 꽃받침은 털 모양으로 변형되어 있다.

씨앗은 긴 타원형으로 솜털 같은 관모冠毛가 붙어 있고, 이 씨앗들이 모여 솜털처럼 보송보송한 열매가 된다. 날씨가 맑고 바람이 부는 날에는 이 씨앗들은 관모에 의해 멀리까지 날아가 번식을 하게 된다. 바람을 타고 하얀 민들레 씨앗들이 하늘로 날아오를 때를 보면 정말 장관이다.

내 친구처럼 토종 민들레를 아껴서 일부러 씨앗을 받아 키우는 경우를 제외하면 토종 민들레는 우리나라에서 점점 사라지고 있는 추세. 토종 민들레는 봄에만 꽃을 피우는 데 반해 서양민들레는 거의 1년 내내 꽃을 피울 정도로 번식력이 뛰어나기 때문이다. 그런 왕성한 번식력 덕분에 도시의 공터나 보도블록 사이에서도 서양민들레가 노란 얼굴을 내미는 걸 볼 수 있다. 토종 민들레는 꽃도 작고 씨앗의 수도 적은 데 비해 서양민들레는 꽃도 크고 생산되는 씨앗의 수도 많다. 그리고 서양민들레의 씨앗은 작고 가볍기 때문에 토종 민들레보다 멀리멀리 날아가 종족을 퍼뜨리는 것이 더 유리한 셈이다.

이처럼 토종 민들레가 점차 사라지고 서양민들레의 세력이 넓어지는 까닭은 무엇일까. 두 종이 서로 다퉈서 그런 것일까. 아니다. 식물은 다투지 않는다. 그런 현상의 중심에는 인간의 욕심과 그로 인한 환경 파괴가 있다. 인간이 도시를 만들기 위해 산을 깎고 땅을 메워 공터를 만드는데, 그 공터가 자연스레 번식력이 좋은 서양민들레의 차지가 되기 때문이다.

내가 사는 마을에도 근년에 건축업자들이 수십억 년 된 야산을 허물어 집터를 만들어놓았는데, 아직 집이 들어서지 않은 공터에 가보면 어김없이 서양민들레가 돋아나 서식지를 넓히며 황금빛 얼굴을 선보인다. 외래종인 서양민들레가 그렇게 자리를 차지하고 있다고 미워해야 할까. 아니다. 오히려 파괴된 지구를 푸른빛으로, 찬란한 황금빛으로 덮어주니 고마워해야 할 일이 아닌가.

서양민들레는 1900년대 초반 유럽에서 우리나라로 유입된 것으로 보인다. 내가 사는 마을의 논밭두렁을 걷다 보면 온통 서양민들레 꽃들이 노란 물결을 이루고 있다. 서양에서도 민들레는 아주 오래전부터 치료를 위한 약용뿐만 아니라 식용이나 관상용으로도 사랑받는 식물이었다는 기록이 전해진다. 북미의 원주민들은 민들레 뿌리를 달여서 커피 대신 차로 마셨다고 한다. 그들은 민들레 뿌리를 난로 위에 얹어 바삭바삭하게 볶아 가루를 내어 끓는 물에 우려내어 마시는데, 맛이 커피와 비슷하여 민들레커피라고 불렀다고 한다.

이웃 나라 일본에서도 1990년대에 민들레 뿌리를 달여서 건강음료를 만들었는데, 얼마 지나지 않아서 여러 찻집에서 가장 인기 있는 음료가 되었다고 한다. 또한 민들레사탕, 민들레떡, 민들레빵, 민들레과자 등을 만들어 팔고 있는데 많은 사람한테 사랑받고 있다고 한다.

이처럼 민들레가 세계적으로 사랑받는 식물이 된 까닭은 무엇일까. 뛰어난 약성 때문이다. 민들레는 황달이나 간염, 간경화증 같은 간질환을 고치는 데 탁월한 효과가 있다. 또 산모가 젖이 잘 나오지 않을 때 민들레를 먹으면 젖이 잘 나온다고 하는 기록도 있다. 한방에서는 민들레를 포공영蒲公英이라 하여 해열, 해독, 이뇨, 기관지염, 위염, 간염 등을 치료하는 약재로 사용한다.[*]

또 최근엔 유전자변형농산물GMO이 각종 암이나 성인병, 불임 등의 원인이 되고 있는데, 이런 식품을 먹고 쌓인 우리 몸의 독을 민들레가 해독한다는 것을 알게 되었다. 유전자변형농산물로 인한 독을 민들레가 해독할 수 있다는 걸 알고 얼마나 기쁘던지! 옛 약초꾼들이 지구에 병이 있으면 약이 있다고 한 말이 괜한 말이 아님을 실감할 수 있었다. 더욱이 민들레처럼 흔하디흔한 풀이 약이 될 수 있다니 얼마나 다행스러운 일인가.

우리 가족은 뛰어난 약성을 지닌 민들레로 요리를 자주 해 먹는다. 어린잎을 뜯어 샐러드를 해 먹거나 살짝 데쳐 된장이나 고추장에 무쳐 먹기도 한다. 민들레의 쌉싸름한 맛을 싫어하는 이들은 샐러드를 만들 때 단맛이 나는 사과를 썰어 넣어 요리하면 훨씬 맛있게 먹을 수 있다. 또 여러 잡초를 넣어 비빔밥을 해 먹을 때도 봄부터 가을까지 집 주변에서 흔하게 구할 수 있는 민들레를 자주 활용하는 편이다.

[*]   권혁세, 앞의 책.

카페인이 든 커피를 마시면 불면증으로 고생하는 우리 가족은 인디언들처럼 민들레 뿌리로 만든 차를 1년 내내 마신다. 사실 몸이 냉한 사람들은 열대 지역에서 나는 커피가 이롭지 않다. 그런 이들에게 나는 커피 대용으로 마실 수 있는 민들레커피를 적극적으로 권하고 싶다.

친구의 농장에 다녀오고 나서 며칠 뒤, 나는 뒤란의 돌담 밑에 있는 가마솥에 장작불을 지폈다. 친구가 선물로 준 민들레 뿌리를 덖기 위해서! 가마솥이 좀 달아오른 후 작두로 잘게 썬 뿌리를 넣고 주걱으로 휘젓기 시작했다. 달아오른 가마솥 곁에서 차를 덖으면 땀이 비 오듯 한다. 하지만 제대로 덖으려면 계속 신경 써서 불을 조절해야 하고, 너무 타지 않도록 주걱으로 잘 저어주어야 한다.

30여 분쯤 덖었을까. 나는 아궁이 속의 활활 타는 장작을 바깥으로 끄집어낸 뒤 커피색으로 변한 뿌리를 좀 더 휘저어 덖어주었다. 구수하고 향긋한 냄새가 뒤란 가득 퍼졌다. 나는 민들레 뿌리가 풍기는 향을 깊이 들이마시며 혼자 중얼거렸다.

고맙다, 민들레야.

너는 들녘을

노란 웃음으로 물들여

기쁨을 선사해주고,

우리 마음의 공터에도

하얀 씨앗을 날려

조물주의 은혜에 감사할 줄 아는

밝은 마음을 지니게 해주고,

더욱이 오늘은

네 몸을 까맣게 태워

우리 몸을 살릴 영약이 되었구나.

고맙다, 민들레야.

좌절과 절망 없이
고난을 극복하는 들풀

돌 콩

　　　　　　　　✦

　　산과 들엔 가을빛이 완연하다. 우리가 걷는 마을 농로 옆으로 펼쳐진 다락논에는 벼잎들이 누렇게 물들기 시작하고, 알알이 여물어가는 이삭들도 조금씩 고개를 떨구고 있다. 멀리 보이는 명봉산의 나뭇잎들도 울긋불긋 채색을 바꾸고 있다. 농로를 함께 걷던 아내가 문득 걸음을 멈추더니 길옆으로 귀를 쫑긋 세우고 신기하다는 듯 소리친다.

　　"당신도 들었죠, 콩 꼬투리 터지는 소리…?"

　　나도 잠시 걸음을 멈추고 아내의 눈길이 향하는 쪽을 바라본다. 타닥, 탁, 타닥… 소리 나는 쪽을 보니 길옆의 돌콩 꼬투리 터지는 소리가 맞다. 꼬투리 터지는 소리가 날 때마다 쪼그만 콩알들이 길바닥으로 흩어진다.

　　"저 소리가 내 귀엔 '날 좀 봐요!' 하는 소리로 들려요."

　　"자기 존재를 알아달라는 소리?"

　　"그런 셈이죠."

　　"아하, 그럼 요 조그만 녀석들이 우리가 오는 걸 알았단 말이네?"

"농부들이 그러잖아요. 나락은 주인의 발소리를 듣고 자란다고!"

농부들이 이런 얘기를 하는 까닭은, 논밭에서 자라는 곡식은 주인의 부지런함과 정성에 따라 풍성한 수확을 가져다줄 수도 있고, 그렇지 않을 수도 있기 때문. 농부들은 자신들의 발걸음이 최고의 거름이라는 자부심으로 부지런히 논밭을 드나들며 나락을 돌본다.

"그래요. 논밭의 나락만 아니라 저 돌콩도 우리 발소리를 분명히 들었을 거요."

아내가 말한 것처럼 최근의 식물학자들은 식물도 청각기능이 있다고 주장한다. 농사를 짓던 우리 조상들은 직감으로 알았겠지만, 식물학자들은 오랜 연구를 통해 그것을 알아낸 것. 물론 식물이 인간을 포함한 포유동물처럼 귀를 갖고 있지는 않다. 그렇다면 귀가 없는 식물이 어떻게 소리를 들을 수 있을까?

사실 동물들 가운데 귀를 갖고 있지 않은 뱀이나 각종 벌레, 그 밖의 많은 동물들은 귀가 없음에도 불구하고 소리를 듣는다. 어떻게 그런 일이 가능할까? 식물들도 이 귀를

갖지 않은 동물들과 마찬가지로 체내에 진동을 전달할 수 있는 훌륭한 기구를 진화시켰다.[*]

여기서 나는 서부 영화에 나오는 한 장면이 문득 떠오른다. 아메리카 원주민들이 땅바닥에 귀를 대고 멀리서 누군가가 달려오는 소리를 듣는 장면 말이다. 식물, 뱀, 두더지, 벌레 등은 바로 이런 방법을 통해 소리를 듣는다. 땅은 소리를 매우 잘 전달하는 매개이기 때문이다.

그러니까 식물은 자기 몸에 분포되어 있는 기계수용채널mechanosensitive channel을 이용하여 땅의 진동을 포착할 수 있다는 것. 이 기계수용채널은 식물의 전신에서 골고루 조금씩 발견되지만, 그것이 가장 많이 분포된 곳은 표피세포라고 한다. 인간의 청각이 귀에 집중되어 있는 것과 달리 식물은 그 몸의 지상부와 지하부를 통틀어 수백만 개의 미세한 청각으로 뒤덮여 있는 셈. 따라서 식물은 온몸으로 소리를 들을 수 있는 것이다.

얼마 전 책에서 읽은 이 얘기를 들려주자 아내는 전적으로 공감한다는 듯 고개를 끄떡이며 말했다.

[*]   스테파노 만쿠소·알렉산드라 비올라, 양병찬 옮김, 《매혹하는 식물의 뇌》, 행성B, 2016.

"생명은 참 경이롭고 신비로워요."

우리는 자기 존재감을 알려준 돌콩에게 고마움이라도 표시해야 할 것 같아 허리를 굽혀 길바닥에 흩어져 있는 돌콩을 줍기 시작했다. 아직 터지지 않은 돌콩의 꼬투리도 채취해 비닐봉지에 담았다. 돌콩을 채취해 집으로 돌아오는 길에 아내가 말했다.

"국선도 창시자인 청산 거사가 깊은 산속에서 수도할 때 생식을 했는데, 솔잎과 칡뿌리, 그리고 이 돌콩을 먹었다지요!"

젊은 시절 국선도에 심취했던 아내는 청산 거사에 대한 기억이 무척 애틋한 모양이다. 나도 아내가 한 이야기를 오래전에 송기원의 《청산》이라는 소설에서 읽었던 기억이 난다. 현대의 신선으로 불리는 청산 거사의 수련기를 소설 형식으로 쓴 글인데, 지금도 잊히지 않는 것은 청산 거사가 깊은 산에서 구할 수 있는 야생의 식물로 생식을 하며 도를 닦다가 화식을 하는 사람들이 있는 마을 가까이 내려오면 악취를 견딜 수 없어 구토를 했다는 내용. 나는 이 소설을 읽고 난 후 돌콩 같은 야생의 먹거리에 더 깊은 관심을 쏟게 되었다.

돌콩! 식물 이름 앞에 '돌'이라는 접두사가 붙으면 일반 종에 비해 작거나 사람의 손길을 타지 않은 야생에서 자라는 식물을 뜻한다. 돌콩은 우리가 흔히 먹는 콩의 원조로 여겨진다. 콩과 식물은 전 세계에 1만 3천 종이나 있으며 우리나라에도 92종이 분포한다.

돌콩은 1년생 초본의 덩굴식물인데 종자로 번식한다. 우리나라 각처의 산과 들에서 자생하는 한해살이풀. 토양의 비옥도에 관계 없이 반그늘 혹은 양지에서 잘 자라는데, 키는 약 1~2미터 정도다. 일반 콩과 달리 덩굴식물인 돌콩의 줄기는 주변의 풀이나 나무를 타고 올라가 자라는데, 줄기에는 아주 작은 갈색의 털이 빽빽이 나 있다.

잎은 어긋나며 깃꼴 삼출복엽三出複葉이다. 삼출복엽이란 잎자루가 끝에서 세 개로 갈라지고 그것이 다시 세 개씩 갈라지는 잎을 말한다. 잎자루는 길이가 7~15센티미터고 짧은 털이 있다.

꽃은 7~8월에 홍자색으로 피며 크기는 약 6밀리미터 정도 된다. 다른 콩과 식물처럼 나비를 닮은 작은 꽃들이 뭉쳐서 핀다. 가까이서 보면 아주 예쁘다. 열매는 길이 2~3센티미터 정도로 털이 많고 일반 콩의 꼬투리와 비슷하다. 종자도 타원형이나 신장형으로 작지만 콩알과 비슷하게 생겼다. 열매가 익으면 꼬투리 속에 든 두세 개의 종자가 탁탁 튀어나온다. 종자를 채취하려면 평소에 잘 관찰했다가 꼬투리가 터지기 전에 채취해야 한다. 꼬투리가 터진 뒤에 사방으로 흩어진 종자를 주우려면 모래에서 사금을 찾는 것만큼이나 어려운 일이니까.

돌콩의 씨앗은 일반 콩들에 비해 훨씬 작지만, 약성은 일반 콩과 비교해 결코 떨어지지 않는다. 돌콩은 지방유, 단백질, 탄수화물, 비타민 같은 성분이 풍부하다고 알려져 있다. 원기가 부족해서 일어나는 일체의 병증을 치료하며, 눈을 밝게 해주고, 심장병, 고지혈증, 동맥경화, 당뇨 등 성인병 예방에 좋다고 한다. 또 비장을 튼튼하게 하는 효능이 있어 소화력을 증진시키고, 식은땀을 흘릴 때도 대추와 같이 달여서 복용하면 그 효능이 매우 좋다.

우리 집에서는 돌콩이 꽃을 피운 뒤 열매가 막 맺히기 시작할 무렵 돌콩의 잎과 줄기와 꼬투리까지 채취하여 해마다 차를 덖는다. 그런데 이 채취 시기가 무더위가 기승을 부리는 8월 말이나 9월 초중순이라 차 만들기가 쉽지 않다. 하지만 때를 놓치면 차를 얻을 수 없기 때문에 구슬땀을 쏟으면서 재료를 채취하고 가마솥에 불을 피워 차를 덖곤 한다. 정성껏 잘 덖어놓으면 차 맛이 매우 구수해서 귀한 손님을 대접하는 차로 전혀 손색이 없다.

돌콩 잎으로는 장아찌도 해 먹을 수 있는데, 어린잎을 뜯어 깨끗이 씻어서 깻잎처럼 된장에 박아놓으면 된다. 또 돌콩잎으로 찜을 해놓아도 한여름 밥상이 풍성해진다. 재료를 깨끗이 씻어서 그릇에 담고 날콩가루를 섞어 찜기에 쪄서 맛간장 등의 양념 재료를 넣고 무치면 된다. 이렇게 요리해놓으면 콩잎에서 비린내가 나지 않고 고소하고 부드러워 먹는 데 전혀 부담이 없다.

돌콩 열매는 가을에 채취해 말려두었다가 차를 만들어 마실 수도 있다. 깨끗이 씻어 말린 돌콩을 프라이팬에 천천히 잘 볶아서 끓는 물을 부어 마시면 된다. 잎과 줄기를 덖어둔 것이 있으면 같이 섞어서 차로 만들어 마실 수도 있다. 이 차를 마셔본 이들은 누구나 그 구수한 맛을 잊지 못한다.

먹거리로도 손색이 없고 약성도 좋은 돌콩을 시골 농부들은 여전히 제거해야 할 잡초로 취급한다. 돌콩은 이런 지독한 푸대접을 받으면서 어떻게 생명을 이어올 수 있었을까. 앞서 인용한 스테파노 만쿠소의 책에서 나는 그 의문을 풀 수 있었다. 돌콩 같은 덩굴성 식물은 '능동적 혹은 자발적 촉각'으로 자기 앞에 닥치는 장애를 넉넉히 극복해낸다는 것.

아니, 식물이 촉각을 지니고 있다고? 그렇다. 스테파노는 식물도 인간처럼 오감을 지니고 있다고 주장하는데, 촉각 역시 대부분 식물들이 보유하고 있는 감각이라고. 특히 돌콩 같은 덩굴성 식물은 자발적으로 외부의 물체를 더듬어 그로부터 정보를 입수해내는 능력이 있다는 것. 이 여리디여린 식물은 자기 몸이 무언가에 닿는 순간 민감한 덩굴손을 많이 만들어 몇 초 만에 자신과 접촉한 물체를 휘감고 올라간다. 그러니까 돌콩은 주위의 식물들을 자기의 성장 지지대로 이용하는 것이다.

만일 돌콩에게 이런 능동적 촉각이 없다면, 다른 식물들에 짓눌려서 햇빛을 받지 못해 자라나지도 못했을 것이다. 마치 키 큰 직립 식물인 옥수수밭 속에 난 돌콩이라면 옥수수 그늘을 벗어날 수 없어 성장이 멈춰버리는 것처럼 말이다. 그러나 돌콩은 자발적이고 능동적인 촉각을 통해 키 큰 직립 식물의 그늘에 갇히지 않는다. 오히려 덩굴손을 뻗으며 직립 식물을 타고 올라가 태양 에너지를 넉넉히 흡수해 성장할 수 있는 것.

이처럼 능동적 촉각을 지닌 돌콩 같은 식물에겐 좌절이나 절망은 없다. 삶의 고난 앞에서 너무도 쉽게 좌절하고 절망하는 우리 인간은 이런 식물을 스승으로 모시고 고난을 헤쳐나가는 슬기로운 삶의 지혜를 배워야 하지 않을까. 그동안 인간들은 오감뿐 아니라 육감六感(영적 감각)까지 지녔다고 뽐내오지 않았던가.

진정 힘을 가진 쪽은
인간이 아니라 식물이다

곰보배추

불편당의 겨울은 마냥 한가롭지만은 않다. 콩 타작을 끝으로 추수는 마무리되었지만 구들방을 덥힐 땔감을 준비해야 하기 때문이다. 얼마 전 강원도 오지에 사는 친구가 벌목한 나무를 주겠다고 해 트럭을 타고 가서 참나무를 잔뜩 실어왔다. 기계톱으로 나무를 토막내주었지만, 땔감으로 사용하려면 통나무를 도끼로 쪼개야 한다.

일찍 조반을 먹고 난 나는 마당에서 나무를 쪼개고 있었다. 도끼로 나무를 패다가 지쳐 통나무 위에 앉아 구슬땀을 닦고 있는데, 누가 불쑥 대문간으로 들어섰다.

"고 선상, 아침부터 수고하시네. 내가 좀 거들어드릴까?"

우리 마을의 반장 김기덕 씨. 성품이 다정다감해 마을 사람들이 모두 좋아한다. 그의 눈엔 내가 나무 패는 게 영 서툴러 보인 모양이다. 반장은 내 곁에 있는 도끼를 집어 들더니 통나무를 패는데, 75세가 넘은 노구임에도 단단한 참나무가 단번에 쫙쫙 쪼개졌다. 순식간에 통나무 다섯 개를 잘게 쪼개놓고는 도끼를 내려놓고 숨을 몰아쉰다.

"아니, 어르신. 얼마 전에 기침이 그렇게 심하시더니, 이젠 괜찮으신가요?"

한 달 전쯤이었다. 매일 경로당으로 출근하다시피 하는 반장은 출입문 앞 계단에 앉아 무섭도록 기침을 하고 있었다. 천식이 심한지 반장은 기침을 하다가 곧 숨이 넘어갈 듯 가쁜 숨을 힘겹게 몰아쉬었다.

"아, 이젠 괜찮다오."

"병원에서 치료는 받으셨어요?"

반장은 미소를 머금은 표정으로 고개를 저었다. 병원 약을 먹어봐야 낫지 않더라는 것. 마침 도시에 사는 아들이 민간약을 잘 처방하는 친구를 통해 구해준 약초를 달여 먹었는데, 먹은 지 일주일 만에 신기하게 낫더라는 것. 나는 그 약초가 궁금해 물었다.

"그 약초 이름이 뭐라던가요?"

평소 농담을 즐기는 반장은 히죽히죽 웃더니 입을 열었다.

"허허, 참. 이거 천기누설인데! 고 선상만 알고 계슈… 곰보배추라고!"

"아이고, 어르신. 천기누설은요. 많이들 알고 있어요.

구하기가 쉽지 않아 그렇지.”

“허허허… 그런가!”

“하여간 다행이네요. 좋은 약을 찾으셔서….”

반장은 기분이 좋은지 오늘 내가 팰 분량의 장작을 절반이나 더 쪼개주고 갔다.

우리 가족은 이미 십여 년 전부터 곰보배추가 기관지 계통의 질환에 특효라는 걸 알고 해마다 그걸 캐서 말려두었다가 겨울이 오면 차로 달여 먹고 있다. 그래서 그런지 우리 식구들은 감기로 고생한 적이 거의 없다.

두 해 전 겨울엔 내가 섬기는 교회의 초등학생 아이가 천식이 심해, 한겨울 날 곰보배추를 캐기 위해 들판을 헤맨 적도 있다. 곰보배추는 겨우 내내 논밭두렁에 퍼렇게 언 채로 납작하게 붙어서 몸을 웅크리고 있다가 따뜻한 봄이 오면 제 세상을 만난 듯이 키가 쑥쑥 자라서 많은 꽃을 피우고 씨앗을 맺는 생명력이 강한 식물이다.

곰보배추는 눈 속에서도 푸른 잎을 간직하고 있어서 설견초雪見草라고도 불리는데, 꽝꽝 얼어붙은 땅에 돋아난 이 풀을 채취하려면 손발이 얼고, 괭이로 이 풀을 캐다 보면 손바닥에 물집이 잡히기도 한다. 하여간 내가 힘들게 캐

109   곰보배추

다가 준 곰보배추를 보름쯤 달여 먹고 천식으로 고생하던 아이는 고통에서 벗어날 수 있었다. 교우의 아이가 천식이 나았다는 얘기를 듣고 반가워서 찾아갔더니, 맨날 콜록대던 아이가 건강한 모습으로 인사를 하며 물었다.

"그런데 왜 풀 이름이 곰보배추죠?"

자기 병을 낫게 해준 약초의 이름이 궁금했던 모양이다. 아이는 '곰보'라는 말뜻도 잘 모르는 것 같았다. 내 어릴 적엔 '마마'라 불리는 천연두를 앓고 나면 얼굴이 움푹움푹 패는 '곰보'가 많았는데, 요즘엔 그런 질병이 없어졌기 때문이다. 나는 휴대폰을 열어 곰보배추 사진을 보여주었다.

"여기 보아라. 식물의 잎이 움푹움푹 얽었지? 그래서 곰보배추라 부른단다."

나는 아이에게 자상하게 설명을 해주면서도 그 이름이 영 마음에 들지 않는다. 왜 사람이 병을 앓고 난 후에 생긴 아픈 자국을 따 식물의 이름을 붙였는지. 경상도에서는 한 술 더 떠 곰보배추를 '문둥이배추' 혹은 '문디배추'라고 부른단다. 천박하기 짝이 없는 이런 호명은 '이 문둥이처럼 더럽고 냄새나는 풀아!' 하고 풀한테 욕을 퍼붓는 것이나 마찬가지. 아무리 못생기고 더럽고 냄새나는 풀이라고 해도 풀한테 무슨 죄가 있어서 이름을 부를 때마다 욕을 하는가.

식물도감을 보면 곰보배추의 정식 명칭은 '뱀차즈기'다. 꽃이 마치 뱀이 입을 벌리고 있는 모습처럼 보여 그렇게 이름을 붙였다고 한다.

그러나 아무리 욕된 이름으로 불려도 풀은 말이 없다. 성서학자인 민영진 선생은 "세상에 비천한 것을 묘사할 피조물은 없다"고 했다. 인간이 조물주로부터 이름 짓는 자격을 부여받은 만큼 앞으로 이름을 붙일 때는 인간 중심의 사고방식에서 벗어나면 좋겠다. 시인인 나는 누구보다 사물에 이름 짓는 일이 많아 새로운 이름을 붙일 때마다 조심하고 또 조심한다.

인간이 어떤 이름을 붙이든 곰보배추는 아픈 존재들을 위해 자기를 아낌없이 내어준다. 곰보배추의 학명 살비아 *salvia*는 '치료하다'라는 뜻을 가진 라틴어 'salvare'에서 유래했는데, 이미 그 이름에서 치료의 효능을 지닌 식물임을 알 수 있다. 영하 20도가 넘는 추위에서도 죽기는커녕 푸른빛을 조금도 잃지 않고, 눈이나 얼음 속에 묻힌 채로도 생생하게 살아 있는 이 식물의 독한 성질이 독한 질병에 강력한 약성을 발휘하는 것일까.

곰보배추는 우리나라 논밭이나 물기 있는 들판에서 자

라는 여러해살이 식물. 내가 사는 마을 둘레길을 걷다 보면 논두렁이나 밭가에서 자주 눈에 띈다. 겨울철에는 푸른 잎을 한껏 펴서 광합성을 하며 혹한의 추위를 이겨내고, 봄이 되면 줄기가 무성하게 올라온다. 5~6월 무렵이면 줄기가 30~90센티미터까지 자라고 자잘한 잎과 잔가지도 많이 돋아난다. 줄기는 익모초처럼 네모꼴이며 짧고 부드러운 털로 덮여 있다. 잎은 타원형이거나 피침형으로 잎 가장자리에 둥근 톱니가 있고, 잎맥에는 짧고 부드러운 털이 나 있다.

6월이 되면 연한 보랏빛의 자잘한 꽃이 가지 끝에 흩어져서 핀다. 꽃은 조그마한 종을 수없이 매단 듯이 예쁘다. 옆에 쪼그리고 앉아 가만히 귀를 열고 있으면 은은한 풍경 소리가 들릴 것만 같다. 7월이 되면 진한 갈색의 자잘한 씨앗이 익어 바람에 날려 흩어진다.

씨앗은 겨자씨보다도 작다. 씨앗이 익은 뒤에는 곧 잎과 대궁이 누렇게 말라 죽고, 8월이 되면 아무도 이 풀의 흔적을 찾을 수 없다. 몇 달이 지난 뒤 10월 말이나 11월 무렵 서리가 내려 다른 풀들이 다 말라 죽고 나면 파란 싹을 살포시 내밀기 시작한다.

곰보배추는 이처럼 생명력이 강한 풀이지만 해가 갈수

록 개체수가 줄어들고 있어 안타깝다. 농부들이 제초제나 농약을 점점 더 많이 치기 때문이다. 영하의 추위에도 끄떡없이 살아남는 풀이지만 제초제 같은 농약엔 맥을 못 춘다. 평생 농사를 해온 시골 노인들 중에도 곰보배추가 귀중한 약초인 걸 아는 이들이 거의 없다. 그러니 다른 잡초들과 똑같이 취급해 독한 농약으로 씨를 말려버리는 것이다.

곰보배추는 사람의 기침을 멈추게 하는 명약이다. 독한 해수와 천식 등 폐와 기관지의 질병을 고칠 수 있는 최고의 신약神藥이다. 내 주위에도 천식으로 고생하는 사람이 많다. '알고 죽는 천식'이라는 말이 있을 정도로, 병명은 알지만 고칠 방법을 몰라 목숨을 잃는다. 만성 천식은 불치병처럼 여겨지고 있다. 마땅한 치료약이 없어서 의사들도 천식은 암보다도 치료가 어려운 병이라고 한다.

곰보배추는 뛰어난 효능을 지닌 천연 항생제다. 온갖 항생제를 써도 낫지 않는 감기, 폐렴, 결핵에 곰보배추를 쓰면 빠르고 쉽게 낫는다. 또 인공으로 만든 항생제가 지닌 부작용이 곰보배추에는 없다. 모든 약초에 독이 있다고 하지만 곰보배추는 독성도 없고 부작용도 없다.

그런데 곰보배추에서는 비릿하면서도 역겨운 냄새가

난다. 이 비릿하고 역겨운 냄새 때문에 사람이나 짐승들도 이 풀을 거들떠보지 않는다. 벌레들도 먹지 않는다. 이처럼 사랑받기 힘든 냄새를 지니고 있는 풀을 어떻게 약초로 활용할 수 있을까.

우리 가족은 어떤 약초학자의 권유를 따라 이 풀로 막걸리를 담가 먹은 적이 있다. 술은 침투력이 매우 좋은 음식이다. 이 풀을 한 광주리쯤 뿌리째 캐서 잘 씻어 물을 붓고 푹 달여서 그 달인 물로 막걸리를 담가 먹으면 된다. 우리 경험으론 곰보배추로 두 번쯤 막걸리를 담가 먹으면 오래된 기침이 멎고 천식도 잘 낫는다.

막걸리 담그는 일이 귀찮으면 유리 냄비 같은 데 곰보배추를 넣고 물로 달여 먹어도 된다. 비릿한 풀냄새가 나기는 하지만 약이라 생각하면 그런대로 먹을 만하다. 비릿한 냄새와 맛 때문에 먹기에 불편하면 곰보배추 푸른 잎과 줄기를 흑설탕이나 꿀에 넣고 버무려 6개월이나 1년쯤 두어 발효음료로 만들어 마실 수도 있다. 이렇게 만든 음료는 맛이 좋아서 아이들도 잘 먹는다. 감기나 기침이 떨어지지 않아 고생하는 아이들에게 먹이면 큰 효과를 볼 수 있다.

나는 곰보배추가 지닌 이런 놀라운 약효를 경험하면서

체로키족 인디언들이 했던 얘기를 늘 떠올리곤 한다.

"식물은 오래전부터 우리의 스승이자 치유사였다."

이게 무슨 말인가. 식물이 우리의 스승이며 치유사라니! 인디언들은 식물이 인간을 자신의 자손이라 여기기 때문에 질병으로 고통받는 인류에 대해 연민을 느낄 뿐 아니라 치료제를 제공해준다고 믿는다. 이들의 생각에는 깊은 지혜가 담겨 있다. 우리 인간이 식물의 자손이라 생각하면, 자연과의 가족적인 유대감이 생겨나지 않겠는가. 그러면 식물을 이용 가치가 있는 자원으로 보는 관점에서 벗어나, 우리의 연장자나 한 가족의 일원으로 받아들이게 된다.

관계의 초점이 바뀌는 것이다. 진정 힘을 가진 쪽은 우리 인간이 아니라 식물이라는 것을 깨닫게 된다. 더욱이 흰 눈밭에 푸른빛의 위엄을 간직한 채 생생히 살아 있는 곰보배추 같은 풀들을 보면, 그들이 내 조상이기나 한 듯 엎드려 경배하고 싶은 마음이 절로 들곤 하는 것이다.

언제까지나
우리 곁에 있기를

수 영

✢

봄은 잰걸음으로 왔다가 잰걸음으로 갈 모양이다. 올
해는 봄꽃들도 거의 한꺼번에 후다닥 피어버렸다. 마을을
가로질러 흐르는 개울 옆 둑길의 벚나무들도 다른 해보다
일찍 꽃을 피웠다.

벚꽃 소식을 들은 시인 후배가 꽃들의 향연을 보고 싶
다며 불편당으로 놀러왔다. 감염병 때문에 혼자 지내는 날
이 많던 나는 모처럼 놀러온 후배를 반갑게 맞이하여 벚꽃
만개한 둑길을 함께 걸었다. 호기심 많은 후배는 둑길을 걷
다가 낯선 식물들을 만나면 궁금증을 참지 못하고 물었다.
식물 공부 삼매경에 빠져 지내는 나는 내가 아는 만큼 그
식물의 이름이며 생태에 대해 미주알고주알 일러주었다.
내가 사는 마을의 자랑인 녹색농촌체험관을 둘러보고 그
부근의 밭 옆을 지나는데, 후배가 밭두렁에 피어난 한 식물
을 손으로 가리키며 물었다.

"저건 뭐예요?"

"아, 저건 수영이라는 풀이야!"

나는 이름을 알려주며 수영 한 잎을 뜯어 먹어보라고 건넸다. 푸른 잎 하나를 씹어본 후배가 환한 표정을 지었다.

"엄청 새콤하네… 맛이 매혹적인데요."

"어릴 적에 많이 뜯어 먹었는데, 요즘도 이 새콤한 맛이 당기면 뜯어다 요리를 해 먹곤 하지."

"아, 그래요? 저도 좀 뜯어가 요리해봐야겠네요."

요리를 좋아하는 후배는 샐러드를 만들어보겠다며 수영을 뜯기 시작했다. 작은 비닐봉지 가득 수영을 뜯고 난 후배가 말했다.

"제가 박완서 작가를 좋아해 지난해 소설 한 편을 읽었는데, 그 소설에 시큼한 풀 얘기가 나오더라고요. 싱아라고!"

"그래, 맞아. 그 소설에 나오는 싱아는 수영의 사촌쯤 된다네. 하지만 우리 마을엔 싱아가 자라질 않아."

긴 산책을 마치고 후배 시인을 배웅한 후 집으로 돌아온 나는 서가에서 박완서의 소설을 찾아냈다.《그 많던 싱아는 누가 다 먹었을까》. 오래전에 읽었던 소설을 한참 뒤적이다 보니, 싱아와 관련된 대목에 밑줄이 쳐져 있었다. 작가는 어린 시절 서울의 친구들과 아카시아꽃을 따서 먹고 헛구역질이 났는데, 그때 문득 시골 고향에 살 때 먹었던 새콤한 싱아가 떠올랐다. 헛구역질이 날 때마다 싱아 잎을 뜯어 먹으면 헛구역질이 멎곤 했기 때문이었다. 하지만 주위를 아무리 둘러보아도 싱아를 찾아볼 수 없자 "그 많던 싱아는 누가 다 먹었을까?" 하고 중얼거린다.

수영과 싱아, 이 둘 사이는 사촌쯤 된다고 했는데, 두 식물 모두 잎과 줄기에서 신맛이 나기 때문이다. 신맛이 나는 식물들은 대체로 옥살산을 함유하고 있다. 옥살산은 해충이나 병균으로부터 식물이 제 몸을 보호하는 성분으로 적당한 산미酸味를 머금고 있어 씹으면 입안에 금방 침이 고인다. 내 어릴 적에도 먹을 것이 부족한 시골 아이들은 학교를 오가며 길가에 핀 수영 잎을 뜯어서 간식 대용으로 맛있게 먹곤 했던 기억이 있다.

싱아와 수영은 그 생긴 모양이 다르다. 싱아는 키가 1미터 이상 자라는 데 비해 수영은 대개 30~50센티미터 정도고, 땅이 비옥한 곳에서는 80센티미터까지 자라는 경우도 드물게 있다. 또 싱아는 6~8월에 흰색 꽃이 피지만, 수영은 5~6월에 홍녹색 꽃이 핀다.

지금 내가 사는 원주 지역에서는 싱아를 찾아볼 수 없

지만, 수영은 산과 들에 지천으로 널려 있다. 여러해살이풀인 수영은 다양한 이름으로 불리는데 괴싱아, 산시금치, 산모라고도 한다. 강원도 영월 토박이인 우리 어머니는 시금초라고 불렀다. 수영은 이른 봄 굵은 뿌리에서 긴 잎자루를 지닌 잎이 돋아나와 둥글게 땅을 덮는다. 어린잎은 홍자색을 띠며 장타원형으로 길이는 3~6센티미터, 폭은 1~2센티미터다. 아랫부분의 잎은 잎자루가 있으나 위로 갈수록 없어지면서 원줄기를 감싼다. 다 자란 잎은 짙은 녹색이다.

수영은 다른 식물들과 달리 암수딴그루인 자웅이주雌雄異株 식물이다. 대부분의 식물들은 한 그루에 암수를 동시에 가지고 있는데, 수영은 수술 그루와 암술 그루가 따로 있다. 일본의 한 연구자에 따르면 놀랍게도 수영은 인간처럼 XY형의 염색체를 갖고 있다고 한다. 그래서 그는 암수딴그루의 수영을 보면 사람과 비교하게 되고 자연스레 이런 의문이 들곤 했다고 한다.[*] 인간세계에서 남자와 여자는 영원히 서로를 알 수 없다고 말하는데, 수영의 암수는 서로를 제대로 이해하고 있는 것일까.

수영의 열매는 7~8월쯤에 익는데 둥글고 납작하게 생

[*] 이나가키 히데히로, 정소영 옮김, 《유쾌한 잡초 캐릭터 도감》, 한스미디어, 2018.

겼으며 줄기 끝에 주렁주렁 달린다. 수영은 열매의 모양이 특이한데, 가지 끝의 가장자리는 분홍색이고 안쪽은 녹색으로 둥글둥글하면서도 납작한 열매가 수없이 달려 바람에 대롱거리는 모습이 매우 이채롭다. 수영 꽃에는 꿀이 많아 양봉가들이 좋아하는 식물이기도 하다.

우리 조상들은 오래전부터 수영을 약초로 이용해왔다. 《약용식물사전》을 보면 "신선한 뿌리와 줄기는 짓찧어 즙을 내어 옴이 올라왔을 때 바르면 효과가 있고, 꽃을 따서 말린 뒤 달여 마시면 위장이 튼튼해지고 열을 내리며, 생즙을 내어 바르면 상처 난 곳의 피를 멎게 하는 데에도 효과가 있다"고 한다.

우리나라 어디에서나 흔히 볼 수 있고 누구도 관심 갖지 않는 이 풀이 위궤양, 위하수, 소화불량 등을 치료하고 위장을 강화하는 놀라운 약효가 있다는 것이 한 민간의학자에 의해 밝혀진 바 있다. 《신약》이라는 저서로 유명한 인산 김일훈 선생이 어느 깊은 산골에서 약초를 캐며 지낼 때, 그 지역에 사는 사람들 중에는 위장병 환자들이 많았다. 그런데 이상하게도 위장병을 앓는 환자들이 사는 곳에 그 병을 쉽게 고칠 수 있는 약초가 널려 있는 것이었다. 바로 수영이었다. 인산 선생은 그들에게 수영을 뜯어다가 푹 삶은 뒤 엿기름을 넣어 삭힌 다음 찌꺼기는 짜서 버리고 감주를 만들어 복용하라고 일러주었다. 이 처방을 따른 이들은 놀랍게도 모두 위장병이 나았다는 것이다.

우리 가족은 봄철이면 수영을 뜯어 각종 요리를 해 먹는다. 다만 요리할 때 주의할 점이 있다. 신맛이 강한 수영에는 옥살산 성분이 많이 들어 있으므로 익히지 않고 먹는 것이 좋다. 옥살산 성분이 든 식물을 익혀서 먹으면 유기수산이 무기수산으로 바뀌어 독이 되기 때문이다. 우리 가족이 많이 해 먹는 요리는 수영무침. 잎을 뜯어다가 식초 물에 담가 살균을 한 후 쪽파나 마늘을 넣은 된장 소스를 만들어 무쳐 먹으면 된다.

아주 간편하게 해 먹을 수 있는 요리는 수영샐러드. 수영은 신맛이 매우 강하기 때문에 잘 익은 홍시를 넣고 샐러드를 만드는데, 신맛을 싫어하는 이들도 거부감 없이 맛있게 먹을 수 있다. 우리 가족은 또한 인산 선생의 레시피를 따라 봄이면 감주를 자주 담가서 먹는다.

사실 수영은 우리나라보다는 유럽이나 미국 사람들이 더 많은 관심을 갖는 풀이다. 그들은 수영을 관상식물로 정원에 심어 가꿀 뿐만 아니라 고혈압이나 당뇨병, 만성위장병 등의 성인병에 좋다고 하여 생즙을 내어 마시기도 한다. 우리 집에서도 봄철에 종종 수영주스를 만들어 먹는다. 수영을 깨끗이 씻은 후 꿀이나 설탕을 같이 넣고 믹서기로 갈아서 마시면 몸의 피로가 싹 풀린다. 온몸이 나른해지는 춘곤증도 사라진다.

후배 시인이 다녀가고 난 며칠 후였다. 우리 집 셰프가 수영으로 요리를 해 먹겠다며 수영을 좀 뜯어다가 달라고 했다. 난 곧 산책길에 봐둔 수영 군락지로 바구니를 들고 갔다. 마을의 야산 밑에 있는 공터였는데, 아무도 뜯어가지 않아 수영이 촘촘히 모여 자라고 있었다.

그런데 이럴 수가! 며칠 새 쑥 자란 수영이 꽃대를 뽑아 올린 채 활짝 꽃을 피운 것이 아닌가. 5월 초순이나 되어야 피기 시작하는 꽃들이 4월 중순에 만개한 것. 올해 들어 유난한 봄꽃들의 잰걸음 대열에는 수영 꽃도 예외가 아니었던 것. 지구 온난화로 기후 위기에 대한 이야기가 지속적으로 들려오고 있지만, 기후 변화가 정말 심상치 않은 것 같다. 홍색과 녹색이 섞인 꽃들은 탄성을 지를 만큼 예뻤지만, 너무 이른 개화를 보며 마냥 기뻐할 수만은 없었다. 난 문득

한 생태 시인의 시가 떠올랐다.

　　아침잠을 깨우는 수다스러운 새들

　　언제까지나 우리 곁에 있기를.

　　언덕에 핀 못생긴 끈적끈적한 꽈리꽃

　　언제까지나 우리 곁에 있기를.

　　일찍부터 웃자란 맛이 쓴 상추

　　언제까지나 우리 곁에 있기를.[*]

　　난 조금 늦게 돋아나 아직 꽃을 피우지 않은 수영 잎들을 먹을 만큼 뜯어서 돌아오며 하늘을 향해 빌고 또 빌었다. 새콤달콤한 맛으로 우리를 매혹하는 수영, 언제까지나 우리 곁에 있기를!

[*]　다이앤 디 프리마, 〈언제까지나 우리 곁에 있기를〉(장 피에르 카르티에·라셀 카르티에, 길잡이 늑대 옮김,《농부 철학자 피에르 라비》, 조화로운 삶, 2007에서 재인용).

홍색과 녹색이 섞인 꽃들은

탄성을 지를 만큼 예뻤지만,

너무 이른 개화를 보며

마냥 기뻐할 수만은 없었다.

몸을 낮춰야 비로소 보이는
땅 위의 별

별꽃

✳

　대낮에 뜨는 별을 보신 적이 있는가. 내가 사는 집 뒤란으로 돌아가면 하얀 별들이 대낮에도 반짝인다. 밤새 하늘에 흐르던 은하의 강물이 쏟아진 걸까. 그 별들의 정체는 몸을 한껏 낮춰야 비로소 보인다. 땅에 뿌리를 박고 촘촘히 무리 지어 핀 별꽃들! 학명은 스텔라나*stellana*. 스텔라나는 '별에서 유래한다'는 뜻. 학명을 지은 이의 밝은 시선이 놀랍다. 호화찬란한 꽃들이 수없이 많은데 소박한 모습의 이 작디작은 꽃에 별이라는 이름을 붙이다니!

　우리 집 뒤란의 텃밭에는 하얀 별꽃도 무리져 있고, 별꽃과 모양이 비슷한 쇠별꽃도 피어 있다. 쇠별꽃은 별꽃보다 잎도 크고 꽃도 커서 눈에 잘 띄지만, 별꽃은 주의 깊게 보지 않으면 눈에 띄지 않을 만큼 작은 꽃이다.

　난 조반을 먹고 텃밭에 너무 많이 번진 별꽃과 쇠별꽃을 솎아주려고 호미를 들고 뒤란으로 돌아갔다. 우리 집 셰프도 일을 거들겠다고 따라나섰다. 난 고추밭과 오이밭 고랑에 있는 별꽃과 쇠별꽃 덩굴을 뜯어서 셰프에게 건네주며 말했다.

"자, 이 풀들을 닭장에 좀 넣어주세요!"

"닭들이 이 풀들을 먹을까요?"

"내 어릴 적 경험으론 닭들이 이 풀을 아주 좋아한다오."

셰프가 별꽃 덩굴을 한 아름 들고 가 닭장 문을 열고 넣어주자 닭들이 꼬꼬거리며 맛있게 쪼아 먹는 소리가 들린다. 오죽하면 별꽃을 영어로 '치크위드chickweed'라고 부르겠는가. 닭들이 즐겨 먹기 때문에 붙은 이름. 병이 들어 비실거리는 닭들도 별꽃을 뜯어 먹고 나면 건강해져서 알을 잘 낳는다. 토끼도 별꽃을 잘 먹기 때문에 '래빗위드rabbitweed'라고 부르고, 거위가 좋아한다고 하여 '구스위드gooseweed'라고 부르기도 한다. 이처럼 동물들은 병이 나면 약초를 뜯어 먹고 스스로 치유할 줄 안다. 동물들은 약초를 사람보다 더 잘 아는 것. 별꽃은 사람뿐만 아니라 동물들한테도 좋은 약초인 것.

별꽃을 닭장에 넣어주고 온 셰프가 말했다.

"정말 맛있게 먹는 걸 보니, 닭들에게 별꽃은 진수성찬이네요."

"그렇다니까요."

난 별꽃과 쇠별꽃을 조금 더 솎아서 닭장에 넣어준 뒤 남은 것을 셰프에게 건네주며 말했다.

"오늘 아니더라도 좋으니 별꽃샐러드를 부탁해요!"

별꽃은 석죽과에 딸린 두해살이풀로 우리나라와 중국, 일본, 만주, 유럽 등 세계 곳곳에서 넓게 퍼져 자란다. 세계적으로 분포지역이 가장 넓은 식물 중 하나. 이 별꽃은 물기가 많은 밭둑이나 길가에서 덩굴로 뻗으면서 자란다. 봄부터 초여름까지 줄기 끝에서 꽃줄기가 자라 나와서 아주 조그맣고 하얀 꽃을 피운다. 어떤 시인의 말처럼 별꽃도 자세히 보아야 더 예쁘다.

줄기는 밑에서 가지가 많이 갈라지며, 길이 10~20센티미터로 밑부분이 땅에 누워서 자란다. 잎은 마주나며 계란 모양이다. 꽃은 5~6월에 가지 끝 취산꽃차례로 핀다. 취산꽃차례란 꽃대 끝에 꽃이 피고, 그 아래 가지와 곁가지에 차례로 꽃이 피는 걸 일컫는 말. 꽃자루는 꽃이 진 후 밑으로 굽었다가 열매가 익으면 다시 곧추선다. 꽃잎은 다섯 장으로, 두 갈래로 깊게 갈라지며 꽃받침잎보다 조금 짧다. 별꽃은 흔히 볼 수 있는 쇠별꽃과 비슷하나 쇠별꽃보다 크기가 작으며 암술대가 세 개로, 암술대가 다섯 개인 쇠별꽃과 뚜렷이 구분된다. 별꽃은 씨앗으로 번식하는데, 씨앗은 8~9월에 익는다.

별꽃은 놀라운 비밀도 품고 있다. 별꽃의 꽃잎을 세어 보면 열 장인 것처럼 보인다. 실제로는 그 절반인 다섯 장 밖에 안 된다. 이것은 한 장의 꽃잎이 아래에서 토끼의 귀처럼 둘로 갈라져서 꼭 두 장처럼 보이기 때문. 보통 꽃이 피는 것은 벌레를 불러들여 가루받이를 하기 위함이다. 그러자면 벌레의 눈길을 끌 수 있는 장치가 필요하다. 별꽃이 꽃잎 수를 두 배로 보이도록 하고 있는 것은 바로 가루받이 때문이라는 것. 식물이 가진 생존의 지혜가 정말 신비롭지 않은가.

하지만 별꽃은 농부들에겐 그저 뽑아버려야 할 잡초로 여겨질 뿐이다. 이 식물은 뿌리가 수없이 갈라지면서 자라 다른 식물을 덮어버리는 까닭에 농부들이 아주 싫어하는 풀. 별꽃의 경우 뿌리까지 단번에 뽑아버리지 않으면 곧 새로운 뿌리가 또 다른 세력을 키우기 때문에 농부들은 호미로 전초를 캐버리거나 제초제를 뿌려 제거하곤 한다.

별꽃은 그 생긴 모양도 볼품없고 꽃도 너무 작아 사람들의 주목을 받지 못하는 풀이지만 만병통치약이라고 부를 만큼 약성이 뛰어나다. 그러나 별꽃은 우리나라나 중국보다는 오히려 서양에서 귀한 대접을 받는다. 서양 사람들은 시금치와 비슷한 맛이 나는 별꽃을 주로 샐러드로 만들어 먹는다고 한다. 어린줄기와 잎을 뜨거운 물로 살짝 데쳐서 양념을 넣고 무쳐 먹으면 맛이 새콤하고 담백하다. 우리집 셰프도 별꽃샐러드 만드는 걸 매우 좋아하고, 요리하기 쉬운 별꽃죽도 끓여 식탁에 올리곤 한다. 별꽃죽은 디포리 달인 물에 별꽃 잎과 쌀을 넣어 끓여 소금으로 간을 맞춰 먹으면 된다. 봄철이면 우리 집 식탁엔 별꽃으로 만든 요리가 심심치 않게 올라오는 편이다.

　나물로 먹어도 좋은 별꽃에는 영양물질과 약효 성분이 아주 많이 들어 있다. 별꽃에는 단백질이 많고 칼슘, 철 같은 미네랄도 풍부하게 들어 있어 영양이 높다. 또 사포닌, 엽록소, 효소 같은 것이 많이 들어 있어서 약성이 풍부하다. 별꽃은 위장을 튼튼하게 하고 혈액을 깨끗하게 하며 젖을 잘 나오게 하고 맹장염을 치료한다. 또 이뇨작용을 돕고 충치 치료에도 효과가 좋다.

　별꽃은 이처럼 우리 몸의 여러 질병에 효험이 있지만, 내 경험으론 특히 잇몸병에 잘 든다. 잇몸이 본래 튼튼하지 못한 나는 별꽃을 솥에 넣고 볶아 가루를 내어 같은 양의 천일염과 섞어서 양치질을 하곤 한다. 별꽃 농축 가루를 잇몸에 바르든지 물에 타서 자주 마셔도 된다. 별꽃은 잇몸을 튼튼하게 하고 피를 멎게 하는 작용이 있다. 하지만 별꽃 잎에는 사포닌이 함유되어 있어 많은 양을 한꺼번에 섭취했을 경우에는 몸에 해로울 수 있다.

서양에서는 별꽃을 몸속에 있는 여러 질병뿐만 아니라 온갖 피부병을 치료하는 데도 많이 쓴다고 한다. 습진이나 발진, 피부가 튼 데, 벌레한테 물리거나 벌에 쏘인 데, 기저귀를 오래 차서 피부가 헌 데, 모든 피부의 상처에 별꽃을 짓찧어 붙이거나 즙을 내어 바르면 잘 듣는다. 또 주근깨에도 좋은데, 별꽃 농축 가루에 세 배의 물을 타서 아침저녁으로 발라두었다가 물로 깨끗하게 씻어내기를 열흘 내지 보름 동안 반복하면 주근깨가 차츰 엷어져서 사라진다.

일본인들도 별꽃을 중요한 약초로 여긴다고 하는데, 그들은 봄을 대표하는 일곱 가지 풀, 즉 '봄의 칠초七草'를 정해두고 그 일곱 가지 풀로 죽을 쑤어 먹으면 몸속의 사기를 몰아내고 질병을 예방할 수 있다고 믿는다. 그 일곱 가지 풀들 중에 별꽃도 포함된다. 미나리, 냉이, 별꽃, 풀솜나물, 광대나물, 순무, 무가 곧 일곱 가지 풀. 이 풀들로 쌀을 넣고 죽을 끓여 먹으면 겨울철에 부족해지기 쉬운 영양소를 보충하고 면역력을 키우는 데 큰 효과가 있다고 한다.

별꽃을 솎아내고 나서 며칠이 지난 어느 날이었다. 남쪽 지역에서 직장을 다니는 아들이 모처럼 휴가를 얻어 집에 오자, 우리 집 셰프가 요리 솜씨를 발휘했다. 뒤란의 텃밭에서 뜯어 냉장실에 넣어두었던 나물로 샐러드를 만들어 식탁에 올린 것. 샐러드를 먹던 아들이 맛이 좋다며 셰프에게 물었다.

"이 샐러드는 뭘로 만들었죠?"

"뒤란에서 네 아버지가 채취한 별꽃으로 만들었단다."

"별꽃요? 땅 위의 별, 별꽃이란 말이죠?"

아들은 이렇게 물으며 신기하다는 듯 눈이 휘둥그레졌다. 일본에서 오래 머물며 유학을 한 아들은 별꽃과 관련된 노래를 들은 적이 있다고. 그러면서 스마트폰으로 카리스마 넘치는 노래 한 곡을 찾아 들려주었다. 일본의 인기가수 나카지마 미유키의 히트곡 〈땅 위의 별〉이란 노래였는데, 그 노래 가사에는 이런 구절이 나온다.

땅 위의 별을 아무도 기억하지 못하네
사람들은 하늘만 쳐다보고 있어

별꽃

제비야 높은 하늘에서 가르쳐줘

땅 위의 별을

제비야 땅 위의 별은

지금 어디에 있는 것일까

이 노랫말처럼 별꽃이야말로 땅 위의 별이라 부르기에
손색이 없는 풀꽃이다. 흔하디흔해서 더욱 귀한 풀꽃이다.
사람이든 잡초든 진정으로 위대한 별은 홀로 우뚝 솟아 있
지 않다. 멀리 있지도 않다. 우리와 가까운 곳에 살고 있다.

내가 사는 집 뒤란으로 돌아가면

하얀 별들이 대낮에도 반짝인다.

밤새 하늘에 흐르던 은하의 강물이 쏟아진 걸까.

그 별들의 정체는 몸을 한껏 낮춰야 비로소 보인다.

영혼의 가장 맛있는 부분을
우리에게 주는 풀

싸 리 꽃

✛

얼마 전 내가 사는 불편당으로 자연요리를 하고 싶어 하는 셰프 한 사람이 찾아왔다. 야생의 숲과 들에서 재료를 구해 요리하기를 즐기는, 요즘엔 보기 드문 젊은 셰프. 생계 때문에 현재는 부득이 한식당 주방에서 일하고 있지만, 자기가 진짜 하고 싶은 건 야생초 요리라고. 나는 아름다운 뜻을 품고 살아가는 젊은 셰프 K를 환대했다. 지난해 여름 강가에서 채취한 야생 차풀로 만든 차를 끓여 대접한 뒤 내가 사는 마을의 아름다운 둘레길을 천천히 함께 걸었다.

두런두런 이야기를 나누며 둘레길을 걷다가 길 끝자락에 인접한 야트막한 산으로 올라갔다. 얼마 오르지 않아 녹음으로 빽빽이 우거진 여름 숲이 나타났다. 등산이 목적이 아닌 터, 우리는 토끼나 오소리가 다닐 법한 오솔길을 걸으며 헐겁고 느슨한 숲의 시간을 즐겼다.

여름 숲에는 하얀 꽃등을 밝힌 초롱꽃, 바위취, 사위질빵, 함박꽃, 매발톱, 꿀풀, 노랑꽃창포 등 숱한 꽃들이 우리를 반겼다. 셰프 K는 꽃을 매우 좋아했다. 각종 꽃들이 나타날 때마다 허리를 구부려 코를 대고 향기를 맡았다. 세상에 꽃만큼 사랑스러운 것이 있던가. 그렇다. "꽃들은 자신이 내뿜는 향기로 자신의 의사를 세상에 전달하고, 인간의 말이나 호흡보다는 좀 더 즐거운 방식으로 자기 존재를 알리는 것이 아닐까?"*

셰프 K가 앞장서고 내가 뒤따라가는데, 그는 벌나비처럼 숱한 꽃들이 내뿜는 향기를 즐겼다. 꽃향기에 반한 듯 연신 경탄까지 토하면서. 모름지기 요리의 절반은 후각이 담당한다고 했던가. 마트에 갈 때마다 느끼는 것이지만, 셰프 K처럼 예민한 후각으로 채소나 과일을 고르는 사람은 거의 보지 못했다. 대체로 사람들은 식물의 향보다는 번지르르한 겉모양만 보고 식품을 고른다.

"이보게, 자넨 후각이 매우 발달한 모양이야!"

"아, 그런가요? 평소 저는 요리 재료를 구할 때 먼저 향부터 맡아봅니다."

"왜 향부터 맡아보나?"

---

*　피터 톰킨스·크리스토퍼 버드, 황정민 옮김, 《식물의 정신세계》, 정신세계사, 2006.

"좋은 식재료는 강한 향을 품고 있기 때문이죠."

나는 그의 이야기가 맘에 들어 거듭 질문을 던졌다.

"강한 향기를 품고 있으면 왜 좋은 식재료라는 건가?"

"채소나 과일의 향이 강하면 영양가가 풍부합니다. 사실 이건 영양학 교과서에 나오는 얘기입니다만."

그가 하는 얘기를 듣자니, 문득 몇 년 전에 보았던 〈맛의 배신〉이라는 EBS 다큐멘터리가 떠올랐다. 식물 본연의 향과 맛을 잃어버리고 가짜 맛이 판을 치는 오늘의 먹거리 현실을 비판하는 다큐멘터리였는데, 특히 시금치와 관련된 대목이 인상적이었다.

먼저 비닐하우스에서 자라는 시금치밭을 보여주고, 다음 화면엔 포항 바닷가 노지에서 자라는 시금치밭을 보여주었다. 그리고 다른 환경에서 각각 자란 시금치를 식탁 위에 올려놓고 두 명의 전문 셰프에게 어떤 것이 비닐하우스 시금치고 어떤 것이 노지 시금치인지 알아맞혀보라고 했다. 두 셰프는 시금치를 손에 들고 냄새부터 맡더니 정확하게 비닐하우스 시금치와 노지 시금치를 구분해냈다. 비닐하우스에서 자란 시금치는 향이 약하고 노지 시금치는 향이 강하다고.

어디 시금치뿐이겠는가. 비닐하우스에서 키우는 모든

채소와 과일들은 재배 기간이 짧고 수확량 중심으로 키우다 보니 풍미가 떨어진다. 다수확을 위해 엄청난 퇴비와 비료를 써서 외양만 그럴듯하게 만들다 보니 향과 맛이 떨어지는 것. 품종개량과 대량재배를 위해 우리는 식물의 향을 잃어버리고 말았다. 이처럼 향이 사라진 식물들은 영양가도 현저히 떨어진다.

서로 죽이 잘 맞아 이런저런 얘기를 주거니 받거니 하며 산을 오르던 우리는 싸리꽃 군락을 만났다. 얼마나 반갑던지. 예전엔 산에 흔하게 피던 꽃인데 요즘은 보기 드문 꽃이 되어버렸다. 언제부턴가 소나무 외의 식물들을 모두 잡목으로 취급해 다 베어버린 탓. 생물 다양성에 대한 인식의 부족이 초래한 우리 산림의 뼈아픈 현실이다.

셰프 K는 꽃향기를 맡느라 싸리나무 곁을 떠날 줄 모른다. 싸리꽃은 뜨거운 여름볕을 받아 피는 꽃이지만, 사위질빵이나 인동꽃처럼 향기가 강렬하지 않고 은은하다. 사위질빵과 인동꽃은 멀리서도 그 짙은 향을 맡을 수 있으나 싸리꽃은 가까이 다가가 코를 대야 향을 느낄 수 있다. 회초리로 썼던 그 단단한 성질에 비해 싸리꽃의 은은한 향기는 동글동글한 잎을 지닌 싸리나무의 내면에서 나오는 것

아닐는지.

"정말 은은하면서도 매혹적인 향이네요. 오늘 싸리꽃 좀 뜯어가도 되겠죠?"

그는 싸리꽃으로 요리를 하고 싶은 모양이었다. 나는 대답 대신 벙긋 웃어주었다. 그는 보랏빛 싸리꽃과 잎을 훑어 비닐봉지에 담았다.

산을 내려와 헤어진 셰프 K는, 그날 밤 환대해주셔서 고마웠다는 인사가 담긴 긴 문자를 보내왔다.

싸리비로 마당의 먼지를 쓸어내듯 꽃향기로 제 안의 더러운 먼지를 깨끗이 쓸어낼 수 있게 해주셔서 고맙습니다. 그런데 선생님, 슈퍼마켓엔 왜 제가 원하는 맛이 없는지 오늘 분명히 알았습니다. 진정한 맛은 야생에 있는 것 같습니다.

허허, 이 친구! 좋은 셰프가 되겠구나. 자연이 주는 본연의 향, 본연의 맛이야말로 우리에게 건강을 가져다주는 선물이다. 태양과 바람과 비를 머금고 자란 자연의 맛, 그게 진짜 맛이다. 뜨거운 햇볕과 소나기, 가뭄과 홍수를 이겨내고 자란 식물들, 혹독한 환경을 견디며 자란 식물일수록 '파이토케미컬phytochemical'이 풍부하다고 한다. 파이토케미컬은 식물성 화학물질을 가리키는 말인데 항산화, 항염, 항암 및 해독 따위의 작용을 하는 중요한 물질이다. 이 물질은 비닐하우스에서 속성으로 키운 식물보다는 산이나 들에서 자라는 식물에 훨씬 더 풍부하게 들어 있다.

이것이 우리 가족이 자연농을 선호하는 이유며, 슈퍼마켓에서 채소나 과일을 구하기보다 산과 들에서 야생의 먹거리를 찾는 이유다. 텃밭에 토종 씨앗을 뿌리는 이유이기도 하다. 토종 씨앗으로 키운 작물들은 맛, 색깔, 향이 진하다. 향이 진한 식물일수록 요리를 해도 재료 본연의 맛을 더 잘 살릴 수 있다. 모름지기 건강한 음식은 좋은 재료에서 나온다.

오늘날 현대인의 미각은 인공 향미료나 조미료에 길들어 있다. 자연의 순수한 맛을 즐길 줄 모른다. 하지만 야생초 요리를 해 먹으며 우리 가족은 이제 자연의 맛을 온전히 즐길 수 있게 되었다. 자연의 맛과 향은 우리의 뱃속을 편하게 할 뿐 아니라 머리도 맑게 해준다. 야생의 먹거리가 우리 몸속에 들어오면 몸이 가벼워지고 하루하루 사는 게 기쁘다. 그러니까 우리의 몸과 영혼을 살아 있게 하는 진정한 섭생은 건강한 먹거리의 선택에서부터 시작된다는 것.

며칠 뒤 텃밭에 웃자란 여름풀들을 베어내고 토종 순무 씨를 뿌리고 있는데, 전화벨이 울렸다. 셰프 K였다.

"선생님, 오늘 점심 무렵 시간 좀 내주실 수 있습니까?"

"무슨 일인가?"

"아, 제가 요전에 뜯어온 싸리꽃으로 요리를 만들어봤어요. 생전 처음 만들어본 요리라 떨리긴 하지만, 선생님 부부에게 맛보여드리고 싶어서요."

아직 독신인 셰프 K는 작은 아파트에 살고 있었다. 문을 열고 들어서니 음식 향이 물씬 풍겼다. 식탁 위엔 싸리꽃과 잎으로 만든 전이 나름 멋을 부린 접시에 다소곳이 담겨 있었다. 싸리나무 잎을 갈아 찹쌀에 넣어 반죽하고 꽃을 얹어 부친, 세상에 하나밖에 없는 싸리꽃전. 식탁 의자에 앉으며 내가 말했다.

"이 요리의 비주얼을 보니 젊고 건강한 감각을 지닌 셰프의 정성이 느껴지네. 안 먹어도 벌써 포만감이 드는데…."

"아이구, 별 말씀을! 맛이 있으려나 모르겠어요. 처음 해본 요리라…."

아내와 나는 접시에 담긴 싸리꽃전의 냄새부터 맡았다. 그리고 전 하나를 젓가락으로 집어 베어 물었다. 은은한 싸리꽃 향이 입안 가득 퍼졌다. 시식을 하던 아내도 그 향

143   싸리꽃

과 맛에 반한 모양이었다.

"나도 야생초 요리를 즐기지만, 이 레시피는 널리 공유해야겠어요."

아내의 말에 셰프 K는 활짝 웃으며 대답했다.

"그렇게 말씀해주시니 힘이 납니다. 소중한 식재료를 야생에서 거저 얻었는데, 레시피는 당연히 공유해야죠."

두 사람이 나누는 말을 듣자니, 문득 일본의 시인 다니카와 슌타로의 시가 떠올랐다.

신이 대지와 물과 태양을 주었다
대지와 물과 태양이 사과나무를 주었다
사과나무가 아주 빨간 사과 열매를 주었다
그 사과를 당신이 내게 주었다
부드러운 두 손바닥에 싸서
마치 태초의 세계처럼
아침 햇살과 함께

어떤 말 한마디 없이도
당신은 나에게 오늘을 주었다
잃어버릴 것 없는 시간을 주었다

사과를 길러낸 사람들의 미소와 노래를 주었다

(…)

그래서 당신은 자신도 모르는 새

당신 영혼의 가장 맛있는 부분을

나에게 주었다[*]

반다나 시바는 "음식은 창조의 기초이기 때문에, 음식은 창조이며 창조자"[**]라고 말한 바 있다. 그러니까 음식은 곧 우리를 살리는 신神이라는 것. 그렇다. 당신 영혼의 가장 맛있는 부분, 젖과 밥으로 우리를 먹여 기르신 어머니야말로 우리의 신이 아니던가.

오늘, 산에서 얻은 재료로 싸리꽃전의 은은한 향기와 맛을 흔감하게 해준 세프 K, 정말 고맙소. 그대 영혼의 가장 맛있는 부분을 맛보게 해줘서!

[*] 다니카와 슌타로, 김응교 옮김, 〈영혼의 가장 맛있는 부분〉, 《이십억 광년의 고독》, 문학과지성사, 2021.

[**] 반다나 시바, 우석영 옮김, 《이 세계의 식탁을 차리는 이는 누구인가》, 책세상, 2017.

오직 아픈 이를 위해
존재하는 사랑초

괭이밥

삶에서 진정으로 값진 것들은

모두 값이 없다네.[*]

　중세 독일의 시인 에바 스트리트마터의 〈가치〉라는 시에 나오는 구절이다. 매일 소농의 밭으로 출근해 식물들과 아침 인사를 나눌 때마다 나는 이 시구를 실감한다. 백여 평 정도 되는 밭엔 고추, 고구마, 들깨, 서리태, 쥐눈이콩, 참외, 수박 등이 자라는데, 그 사이사이엔 내가 파종하지 않은 풀들도 자란다. 저절로 날아와 자란 고마운 식물들. 남들은 잡초라고 비하하지만 내가 심어 먹는 작물과 다를 바 없는 귀한 식물들이다.

　여러 해 전부터 나는 자연농을 하는데, 자연농의 이로움은 내가 심어서 가꾸는 작물 말고도 저절로 자란 풀들도

[*]　류시화 엮음, 앞의 책에서 재인용.

채취해 먹을 수 있다는 것. 그러니까 아무런 수고도 없이 먹을 양식을 얻을 수 있다는 것이다. 값이 없는 것들이지만 우리 식구들에겐 소중한 식재료들이다.

봄부터 여름까지 우리 식구들이 뜯어다가 먹은 식물들을 소개하면 대략 서른여 종이 넘는다. 꽃다지, 광대나물, 달개비, 개똥쑥, 개망초, 비름나물, 곰보배추, 수영, 소루쟁이, 쇠비름, 명아주, 까마중, 고마리, 우슬 등등. 봄풀들이 다 지고 여름의 한가운데로 들어서면, 우리 텃밭엔 푸른 잎, 붉은 줄기의 쇠비름이 드문드문 돋아나 자라고, 밭 여기저기엔 괭이밥도 많이 피어난다.

지난해엔 별로 보이지 않았는데 올해 들어 유난히 많이 눈에 띄는 건 괭이밥이다. 키 큰 작물들 사이에 숨어 있지만 황금빛 꽃을 피우며 그 존재감을 한껏 뽐내는 괭이밥. 잎사귀가 토끼풀과 비슷한데, 자세히 보면 둥근 타원형의 토끼풀 잎과 달리 괭이밥 잎은 딱 심장 모양이다. 웃자란 명아주를 낫으로 베어내다가 잠시 쪼그리고 앉아 내 심장 모양의 괭이밥 잎을 들여다보고 있으니 괜히 가슴이 두방망이질을 한다.

그런데 문득 드는 의문 하나. 올해는 왜 괭이밥 씨가 더 많이 날아들어 피어난 걸까. 오래전에 읽은 인디언 추장의 말이 어렴풋이 떠오른다. 아픈 사람이 있으면 식물이 그 병을 치료할 식물의 씨앗을 그가 사는 곳으로 날려 보낸다고!

광채 없는 피조물이 없다지만, 식물의 세계는 참 오묘하고 신비롭다. 요즘 우리 집 식구 가운데 특별히 아픈 사람은 없다. 그렇다면 예방 차원에서 괭이밥 씨앗이 날아든 걸까. 전 세계를 강타한 돌림병 때문에 이따금 우울해질 때도 있지만, 마당과 텃밭에 핀 괭이밥의 노란 꽃등을 보면 '그래, 너희가 땅별을 살리는 백신이지!' 하는 생각이 들며 우울한 감정도 씻은 듯이 사라지곤 한다.

괭이밥은 우리나라의 밭이나 길가에서 자라는 여러해살이풀로, 세계적으로는 아시아, 유럽, 북아메리카 등 북반구 전체에 걸쳐 흔하게 볼 수 있는 식물이다. 줄기는 높이 10~50센티미터고, 가지가 많이 갈라지며, 조금 비스듬히 자란다. 잎은 어긋나며, 작은 잎 세 장으로 된 겹잎인데, 밤에는 잎을 오므린다. 잎자루는 길이 약 2~6센티미터까지 자라고, 털이 나 있다.

꽃은 5~9월에 잎겨드랑이에서 피며 1~8개의 꽃이 산형繖形으로 달리고 노란색이다. 열매가 익으면 껍질이 벌어져서 많은 씨가 튀어나오는데, 씨앗은 렌즈 모양으로 옆으로 주름살이 져 있다. 괭이밥은 숱한 식물 가운데 최고의 해독력을 지닌 식물. 어릴 땐 그냥 뭣 모르고 먹었지만, 이젠 그 탁월한 약성을 알고 자주 뜯어 먹는다. 괭이밥이란 호칭이 생긴 이유는 그 뛰어난 해독력 때문이다.

어릴 적엔 시골에 쥐가 많아 쥐 잡는 날을 정해 마을 반장이 쥐약을 나눠주곤 했다. 탈륨이라는 중금속으로 만든 쥐약이었는데, 그 시절에는 가장 무서운 독약. 그걸 먹은 쥐들은 모두 죽었다. 그렇게 죽은 쥐를 먹은 개나 고양이들도 모두 죽었다. 자기 스스로 목숨을 끊는 사람들도 그 독성 강한 쥐약을 먹고 세상을 버렸다.

그러나 목줄에 묶이지 않은 고양이들은, 쥐약을 먹고 죽은 쥐를 삼키고 나서 고통으로 몸부림치다가도 마당이나 들에 핀 풀을 뜯어 먹고 살아나기도 했다. 그래서 그 풀 이름이 '괭이밥'이 되었다고 한다.

평소 풀을 먹지 않는 육식동물인 고양이가 괭이밥이 지닌 해독력을 어떻게 알았을까. 대체 누가 녀석들에게 그걸 가르쳐주었을까. 원주민 문화와 약초를 평생 연구한 스티븐 해로드 뷰너는 식물과 동물의 아름다운 공생에 대해 이렇게 증언한다.

식물은 지구상의 모든 생물들의 삶과 긴밀하게 연결되어 있다. 식물들은 그 자신만을 위해 존재하지 않으며, 생명 군락을 창조하고 유지한다. 나아가 모든 생명체들에 필요한 화학물질을 제공해주며, 병든 생물들을 치유해주기도 한다.[*]

스티븐 해로드 뷰너의 말은 괭이밥 같은 신비로운 식물에게 딱 어울린다. 괭이밥은 사람의 건강을 지키기 위해 태어난 존재 같기 때문이다. 사람이 살지 않는 곳에는 괭이밥이 없다. 우리 집에서 좀 떨어진 곳에 오래된 폐가가 있는데, 마당으로 들어가 둘러보니 다른 풀들은 쑥대처럼 무성한데 괭이밥은 보이지 않았다.

하지만 사람이 사는 곳엔 어디든지 괭이밥이 있다. 지난여름 서울에 사는 친구의 아파트에서 잠을 자고 아침에 주변을 산책했는데, 아파트 주변에도 괭이밥이 돋아 노란 꽃을 피우고 있었다. 그 후 나는 괭이밥을 '사람을 졸졸 따라다니는 풀'이라고 명명했다. 사람 곁에 머물며 아픈 이들을 치유하는 괭이밥. 사람을 졸졸 따라다니며 치유 에너지

---

[*]   스티븐 해로드 뷰너, 박윤정 옮김,《식물의 잃어버린 언어》, 나무심는사람, 2005.

를 한껏 분출하는 그 '창조적 자발성'에 놀라지 않을 수 없었다.[*]

　나는 요즘도 거의 매일 마당과 텃밭에 자란 괭이밥을 뜯어 먹는다. 군것질거리가 귀하던 어린 시절 괭이밥 잎을 따서 씹으며 새콤한 맛을 즐기던 추억을 떠올리면서. 하여간 괭이밥은 개화 기간도 길어서 이른 봄부터 늦가을까지 배시시 웃는 꽃을 보며 위로받을 수 있고, 다른 식물보다 오래 식용할 수 있어서 무척 고마운 식물이다. 대부분의 식물은 단오가 지나면 독성이 생기는데, 괭이밥은 단오가 지나도 독성이 없다.

　앞서 해독력에 대해 언급했지만, 괭이밥의 약성은 대단하다. 백혈병 같은 질환에도 효험이 있다고 하는데, 산성화된 몸을 알카리성 체질로 바꿔주기 때문이라고 한다. 괭이밥은 면역력을 높이는 효과도 매우 뛰어나 간염 같은 질병도 예방할 수 있고, 자주 먹으면 감기를 비롯한 여러 병에도 쉽게 걸리지 않는다고 한다. 또 알코올 중독, 마약 중독, 중금속 중독 등 온갖 중독을 풀어주는 효능도 있다

[*]　　김순현, 《정원사의 사계》, 늘봄, 2019.

고 한다.

　괭이밥이 지닌 또 하나의 특징은 해가 지면 편안한 잠을 즐기려는 듯 잎을 오므린다는 것. 이처럼 밤이 되어 잎을 오므리는 괭이밥이나 차풀 같은 식물은 불면증에 좋다고 하니 얼마나 신비로운가. 식물들은 잎의 생김새나 변화를 신호로 사람에게 자기의 쓰임새를 알려주는 것일까. '내가 불면으로 고생하는 사람을 도와드릴게요!'라고 일러주듯! 지난 늦은 봄 나는 며칠 동안 불면으로 잠을 설친 뒤 괭이밥을 뜯어다가 먹고 깊은 잠을 이루는 신비한 체험을 한 적이 있다.

　이처럼 약효가 뛰어난 풀이지만, 괭이밥은 너무 시큼해서 신맛을 싫어하는 이들에겐 그림의 떡일 뿐이다. 초식동물들도 그 신맛 때문에 괭이밥을 건드리지 않는다. 풀만 뜯어 먹는 소나 양이나 염소도 괭이밥을 거들떠보지 않으며, 벌레들도 좋아하지 않아 괭이밥은 언제 보아도 쌩쌩하다. 괭이밥이 지닌 이 신맛은 옥살산이라고 하는 수산을 함유하고 있기 때문인데, 괭이밥 외에도 수영, 시금치, 소루쟁이 같은 식물들도 수산을 많이 함유하고 있다.

　바로 이 때문에 괭이밥은 특별한 요리법이 필요하다.

신맛을 줄여주는 요리법. 우리 집에서는 괭이밥으로 요리를 자주 해 먹는데, 주로 괭이밥샐러드나 괭이밥물김치를 담가 먹는다. 특히 괭이밥샐러드를 만들면서 신맛을 잡기위해 시큼한 레몬을 넣어보았더니 신맛이 확 줄어들더라. 신맛을 신맛으로 잡을 수 있다니 얼마나 신기한가.

여기서 꼭 덧붙여두고 싶은 것은, 수산이 많이 함유된 식물은 절대 열을 가해서 요리하면 안 된다는 것. 그러니까 데치거나 끓이지 말아야 한다. 괭이밥을 요리하기 위해 열을 가하면 유기수산이 무기수산으로 바뀌며 우리 몸속에 담석 같은 돌을 만든다. 따라서 괭이밥은 반드시 날것으로 먹어야 한다. 식약동원食藥同源이라는 옛말이 있는데, 음식과 약은 근원이 같다는 것. 그렇지만 음식은 제대로 알고 먹어야 약이 된다.

'빛나는 마음'이라는 꽃말을 가진 괭이밥. 잎 모양은 완벽하다고 할 만큼 하트 모양이다. 그래서 화초로 키우는 잎이 넓은 괭이밥 품종을 '사랑초'라 부르기도 한다. 키가 작아 풀숲에 있을 때는 키 큰 식물에 가려 그 모습이 잘 보이지 않지만, 다른 식물과 키 재기를 하거나 다투지 않고, 오직 아픈 사람을 위해 사랑을 호소하는 듯한 괭이밥. 시인인 나는 표절 충동을 항상 경계하지만, 괭이밥의 신비로운 치유의 힘, 사랑의 힘은 표절하고 싶구나!

존재 영역을 결코
포기하지 않는 강한 생명력

환 삼 덩 굴

＊

여름철에 가장 눈에 많이 띄는 식물은 환삼덩굴이다. 매일 하루 한 번씩 운동 삼아 마을 둘레길을 걷는 요즘, 나무나 풀덤불이 있는 곳이면 환삼덩굴이 다른 식물을 타고 올라가 푸르게 번져 있는 걸 쉽게 볼 수 있다. 사람들이 아주 싫어하는 풀이지만, 환삼덩굴은 그 강한 생명력으로 자기의 존재 영역을 결코 포기하지 않는다.

오늘도 마을 둘레길을 한 바퀴 돌아 집 가까운 곳에 있는 사슴농장까지 왔다. 철망을 둘러친 농장엔 얼추 스무 마리쯤 되는 꽃사슴이 있는데, 꽃사슴들은 일제히 멈춰 서서 마흔 개쯤은 될 동그란 눈으로 날 응시했다. 난 꽃사슴들과 눈을 맞추는 걸 좋아한다. 그 해맑은 눈망울과 눈을 맞추고 나면 내 영혼도 해맑아지는 것 같아서! 그렇게 잠시 꽃사슴들과 눈을 맞추고 있는데 사슴농장 주인인 가톨릭농민회 회장이 낫을 들고 다가왔다.

"이 무더운 날 낫을 들고 뭘 하시려고요?"

"요놈들 좀 잡으려고요!"

농민회 회장이 손짓으로 가리키는 '요놈들'은 사슴농장의 철망을 타고 올라가 무성하게 자란 환삼덩굴. 넙적한 환삼덩굴 잎들이 철망 전체를 덮어 마치 초록 커튼을 친 것처럼 보였다. 낫으로 환삼덩굴을 걷어내면서 회장이 하는 말을 들으니, 환삼덩굴이 그늘을 만들어 장맛비가 그친 후에도 사슴농장의 바닥이 잘 마르지 않는다는 것이었다.

나는 환삼덩굴을 낫으로 걷어내는 것을 물끄러미 지켜보다가 물었다.

"회장님, 이 환삼덩굴이 약초인 건 아시죠?"

"아니, 요 골칫덩어리 풀이 약초라고요? 처음 듣네요."

"고혈압에 특효약이죠."

환삼덩굴이 약초라는 말에 회장은 좀 놀라는 눈치였다. 사실 요즘 사람들은 몸이 아프면 먼저 병원이나 약국을 찾아간다. 집 가까운 곳에 있는 흔한 들풀이 약이 될 수 있다는 걸 모르거나, 안다고 하더라도 그걸 채취해 약으로 쓰는 사람은 거의 없다. 회장은 자기네 부부도 고혈압이 있다고 하면서 환삼덩굴을 어떻게 약으로 쓸 수 있는지 진지하게 물었다. 나는 사슴농장 옆 보리수나무 그늘에 앉아 그 활용법에 대해 자세히 일러준 뒤 집으로 돌아왔다.

오늘 내가 만난 가톨릭농민회 회장도 그렇지만 시골 농부들이 가장 싫어하는 풀이 바로 환삼덩굴. 농사의 훼방꾼으로 바랭이, 달개비, 명아주 같은 풀도 미워하지만, 환삼덩굴은 아예 골칫덩어리로 취급한다. 이 식물은 길옆이나 마당, 밭둑이나 울타리를 가리지 않고 무성하게 자라나서는 다른 풀과 나무들을 휘감거나 덮어서 죄다 말려 죽이는 식물계의 무법자이기 때문이다. 그런데 이 무법자가 고혈압과 갖가지 폐질환을 고치는 최고의 선약仙藥이라는 것을 아는 사람이 얼마나 될까.

덩굴성 한해살이풀인 환삼덩굴은 우리나라 들이나 산기슭에서 흔히 자라는 들풀인데 일본, 중국, 타이완 등의 동아시아 지역에도 널리 분포한다. 환삼덩굴은 농촌과 도시를 막론하고 우리나라 전 국토를 덮고 있다. 내가 사는 집 부근의 울타리나 돌담에서도 흔히 보이는 식물인데, 특히 줄기에 거친 갈고리 가시가 있어 사람들의 미움을 받는다. 그 줄기에 살갗이 닿으면 상처가 나고 심하면 찢긴 상처에서 피도 나기 때문이다.

그런데 환삼덩굴의 입장에서 보면 그 갈고리 가시가 돋아 있어 다른 물체를 쉽게 타고 올라가 자기 종족을 보존하고 널리 퍼뜨릴 수 있는 것이다. 그 줄기가 얼마나 질겼으면 옛 사람들은 그 줄기의 껍질을 섬유의 원료로 사용했다는 기록도 있을 정도다.

　며칠 전 나는 환삼덩굴 잎으로 차를 만들기 위해 텃밭 옆의 꾸지뽕나무에 매달린 잎을 한 잎씩 조심스레 뜯고 있었다. 점점 색깔이 짙어지는 푸른 잎들은 천하의 엽록소가 다 모여 기쁨의 함성을 지르는 것 같았다. 농부들의 미움을 한몸에 받는 식물이지만, 꾸지뽕나무 가지에 얹힌 잎새들마다 치유의 푸른 기운을 흠뻑 머금고 있는 듯싶었다.

　그 순간 나는 왜 조물주가 환삼덩굴 줄기에 날카로운 갈고리 가시를 두었는지 알 것 같았다. 광합성을 해야 하는 잎을 보호하기 위함이 아니었을까. 사람 손바닥 모양의 환삼덩굴 잎은 아주 얇고 여리다. 길을 서식처로 삼는 질경이 잎은 발에 밟혀도 잘 손상되지 않지만, 환삼덩굴 잎은 쉽게 찢어진다. 그래서 환삼덩굴 잎을 채취할 때는 반드시 목장갑을 낀 채 한 손으로는 거친 줄기를 잡고 다른 손으로 잎 전체를 움켜쥔 뒤 한 잎씩 조심스레 따야 한다.

　환삼덩굴은 긴 잎자루 끝에 잎이 달려 있는데, 길이와

너비가 각각 6~12센티미터 정도의 손바닥 모양으로 5~7개의 열편裂片으로 갈라지고 잎 가장자리에 규칙적인 톱니가 있다. 줄기는 네모꼴이며, 길이는 2~4미터에 이르고, 밑을 향한 거친 가시가 있다. 꽃은 잎이 진초록으로 짙어지는 7~8월이 되면 피는데, 신기하게도 환삼덩굴은 암수딴그루다. 수꽃에는 꽃받침조각이 다섯 개가 있고 수술이 있으며 황록색으로 원추꽃차례에 달린다. 암꽃은 수상꽃차례에 달리고 계란 모양의 원형이다. 열매는 9~10월에 익으며 열매의 껍질 속에 계란 모양의 황갈색 씨앗이 들어 있다. 이 황갈색 씨앗은 천지사방 날려가 종족을 퍼뜨린다.

환삼덩굴은 그 잎과 줄기와 뿌리를 약재로 쓸 수 있다. 앞서 말했듯이 환삼덩굴은 고혈압에 특효약이다. 나도 고혈압이 있는데 내 경험으론 환삼덩굴 잎을 뜯어 차를 만들어 한 달쯤 매일 마셨더니 혈압이 거의 정상으로 돌아오더라. 환삼덩굴의 잎과 줄기를 채취하여 그늘에서 말려 가루를 내어 먹어도 된다. 차로 마시든 가루로 먹든 꾸준하게 복용하면 고혈압으로 인한 여러 증상, 즉 수면장애, 두통, 머리가 무거운 느낌, 손발 저림, 심장 부위가 답답한 증세 등이 대부분 사라진다. 또 환삼덩굴은 폐농양이나 폐렴,

편도선염 등에도 좋은 것으로 알려져 있다. 환삼덩굴을 한의학에서는 율초(葎草)라 부르는데, 최근에는 율초환이라는 이름의 상품도 시중에 나와 있다.

평소 야생초를 즐겨 먹는 우리 가족은 환삼덩굴을 식재료로 활용한다. 식즉약(食卽藥)이라는 말이 있듯이, 건강한 식재료로 만든 음식은 곧 우리 건강을 지켜주는 약이 된다. 환삼덩굴로 요리를 해 먹을 수 있다고 하면 사람들은 묻는다. 줄기에 가시가 있고 잎도 거친데 어떻게 요리를 할 수 있냐고!

그렇다. 환삼덩굴 잎은 거칠어 깔깔이풀이라는 이름으로 불리기도 하는데 그 거친 잎도 물을 만나거나 뜨거운 물에 데치면 아주 부드러워진다. 환삼덩굴을 이용한 가장 쉽고 간단한 요리는, 잎을 채취하여 깨끗이 씻은 후 양념간장에 담가서 깻잎장아찌처럼 만드는 것인데, 그 식감은 깻잎보다 더 부드럽다.

또 환삼덩굴 잎을 많이 채취해 불가마에 덖어서 차로 만들기도 한다. 무더운 여름에 불을 피워 무쇠솥에 덖어야 하니 구슬땀을 쏟을 각오를 해야 한다. 덖고 나면 지쳐서 '다시는 안 할 거야!' 하고 중얼거리게 되지만, 그 담백하고 구수한 차 맛이 그리워 해마다 만들곤 한다.

환삼덩굴로 만든 요리 가운데 가장 기억에 남는 음식은 환삼덩굴조림이다. 어린 환삼덩굴 잎을 뜯어 깨끗이 씻은 후 진간장과 조청, 포도씨유 등으로 양념을 만들어 넣고 불에 졸이면 되는데, 놀랍게도 김자반 같은 맛이 난다.

여름 휴가철이 되자 직장 다니던 딸이 친구들과 함께 놀러왔다. 아내는 모처럼 찾아온 딸 친구들에게 특별한 요리를 해주고 싶다며 환삼덩굴을 좀 뜯어달라고 했다. 나는 곧 뒤란의 돌담 위로 잔뜩 번진 환삼덩굴을 뜯어주었다.

한 시간쯤 지나 부엌으로 갔더니 아내는 딸 친구들을 위해 별미를 해놓았다. 환삼덩굴옹심이. 먼저 환삼덩굴 잎을 믹서기로 갈아 그 국물을 찹쌀가루에 붓는다. 그리고 경단을 만들어 끓는 물에 익힌 후 미리 준비한 콩국물에 넣어 만드는 특별한 요리다. 딸의 친구들과 함께 식탁에 둘러앉아 옹심이를 먹는데, 그중에 성격이 서글서글하고 입담이 좋은 친구가 시식 평을 했다.

"환삼덩굴, 처음 들어보는 식물인데요. 이런 식물로 요리가 탄생하다니 놀라워요. 무엇보다 색이 아름답네요. 이 아름다운 걸 먹다니… 경단을 씹으니 쫄깃쫄깃하고 고소한

국물 맛이 일품이네요."

　채식 위주의 식사를 하는 우리 가족은 사람들이 요리 재료로 여기지 않는 풀로 요리를 해 먹으면서 큰 기쁨과 보람을 느낀다. 무엇보다 들풀로 만드는 레시피를 이웃과 공유할 수 있다는 것에 늘 감사한다. 기후 변화로 요즘처럼 채소를 구하기 어려운 시절에 텃밭에만 나가면 풋풋한 먹거리가 잔뜩 널려 있으니!

점점 색깔이 짙어지는 푸른 잎들은

기쁨의 함성을 지르는 것 같았다.

꾸지뽕나무 가지에 얹힌 잎새들마다

치유의 푸른 기운을 흠뻑 머금고 있는 듯싶었다.

식물의 도움을
회복의 그늘로 삼다

창포

꽃을 따라 방랑하듯 사는 사람이 있다. 꽃이 피었다는 소식을 들으면 그날 밤으로 야반도주하듯 꽃을 찾아 떠나는 사람. 내 친구 양봉가 시인 이종만. 개화의 적기를 맞춰 꽃을 따라 살아가는 그는 올해도 아카시아꽃 필 무렵 진주에서 내가 사는 원주까지 벌통을 싣고 올라왔다. 평소 꿀벌의 생태에 관심이 많은 나는 그 친구를 만나면 아이처럼 늘 많은 질문을 하곤 했다.

그가 원주로 올라오고 며칠 뒤 나는 깊은 산골짜기에 양봉장을 차린 그를 찾아갔다. 반가운 나머지 두 팔을 벌려 얼싸안았는데 그의 몸에서는 꽃향기가 물씬 풍겼다. 벌들이 웅웅거리는 양봉장을 천천히 둘러본 뒤 우리는 곧 마을로 내려가 식당에서 점심을 먹었다. 밥을 먹으며 이런저런 얘기를 나누다가 나는 벌의 생존에 필수적인 요소인 밀랍蜜蠟이 어떻게 만들어지는지 궁금해서 물었다. 그는 신바람이 난 듯 입을 뗐다.

　　　　　　　　　　　　　동물의 지혜

"밀랍은 꿀벌이 나무에서 고무질의 진액을 채취해 만든다네. 그런 다음 벌들은 이 밀랍을 벌통의 내부에 바르는데 온갖 세균으로부터의 감염을 막아주지."

"그럼 그 진액의 채취원은 어떤 나무들인가?"

"사시나무, 포플러, 자작나무, 느릅나무, 오리나무, 버드나무, 소나무, 전나무 등인데, 이런 나무들은 밀랍을 만드는 데 필요한 화학물질을 분비해주지."

그러니까 벌은 약 50퍼센트의 나무 진액과 10퍼센트 정도의 꽃가루, 납, 그리고 자기 내부의 효소를 섞어서 밀랍을 만든다는 것. 양봉의 목적은 꿀을 따는 일이지만 가장 중요한 채밀원인 아카시아나무만 있어서 되는 것이 아니라 다른 많은 식물의 도움이 필요하다는 것. 친절한 설명 끝에 그는 이런 말도 덧붙였다.

"사실 밀랍이 없으면 양봉은 불가능해. 밀랍은 항박테리아성과 항바이러스, 항균, 항염증, 심지어 항곤충 성질을 갖고 있거든. 그러니까 양봉은 숱한 식물들의 도움을 받아야만 비로소 가능한 거지."

그날 친구는 헤어지는 게 섭섭한지 남녘에서 받았다는 아카시아꿀 한 병을 덥석 안겨주었다. 꿀을 품에 안고 돌아오며 확인한 사실은 식물들이 자신의 건강에 필요한 것보다 많은 양의 화학물질을 만들어낸다는 것. 이런 화학물질이 식물군락뿐만 아니라 동물을 포함한 생태계의 건강을 지켜준다는 것.《파브르 식물 이야기》에 보면 "식물과 동물은 형제다"라고 했는데, 우리가 식물을 제대로 알려면 동물의 생태도 세심히 관찰해야 한다.

며칠 후 내가 늦잠에서 깨어나 마당으로 나갔는데, 나보다 먼저 일어난 아내가 약간 흥분한 목소리로 말했다.

"여보, 며칠 전에 날아온 제비가 둥지를 틀기 시작했어요."

아내가 가리키는 대문간의 처마를 올려다보니, 제비들이 둥지를 짓기 위해 물어다가 붙인 흙과 지푸라기들이 보였다. 아마도 지푸라기로 보이는 그것들은 여러 식물의 마른 잎들일 것이다.

제비뿐만 아니라 대부분의 새들은 해충이나 동물들의 침입을 예방하고 어린 새들의 면역력을 높이기 위해 신선하고 강력한 여러 종류의 약초를 물어다가 둥지를 튼다고 한다. 매나 수리, 부엉이 같은 맹금류는 부패한 고기와 자주 접촉하기 때문에 항미생물 효과가 강한 식물로 둥지를 만든다. 이외에도 많은 새가 털 속으로 진드기가 침입하는 것

　　　　　　　　　　　　　　　　　동물의 지혜

을 막기 위해서 식물을 이용한다고도 한다.

식물을 이용할 줄 아는 새들의 지혜가 참으로 신비롭고 놀랍지 않은가. 새들뿐만 아니라 동물들은 질병의 위험에서 자기를 지키려고 하는 원초적 본능이 살아 있는 것 같다. 그런 본능을 지혜라 부를 수도 있으리라. 예컨대 곰은 위장에 탈이 나면 물가에 자라는 창포菖蒲를 뜯어 먹는다고 한다. 곰은 창포가 위장을 따뜻하고 튼튼하게 한다는 것을 어떻게 알았을까.

난 십여 년 전부터 시골에 들어와 살면서 개와 고양이들을 길렀는데, 개들은 과식을 하거나 배탈이 나면 마당에 난 바랭이풀 같은 것을 뜯어 먹고 토하곤 했다. 그렇게 풀을 뜯어 먹고 나면 멀쩡해졌다. 고양이들 역시 무언가 먹이를 잘못 먹어서 설사를 하면 스스로 괭이밥이나 수영 같은 풀을 뜯어 먹고 먹은 것을 즉시 토해내버렸다. 그렇게 토하고 나면 설사가 멎었다. 사람도 배탈이 나면 이토지사以吐止瀉, 즉 토하게 하여 설사를 멎게 하는 치료법을 쓴다. 그렇다면 사람은 이런 치료법을 개나 고양이 같은 동물들에게 배운 것이 아닐까.

스티브 해로드 뷰너의 《식물의 잃어버린 언어》라는 책을 보면 코끼리의 식습관과 습성을 오랫동안 연구한 동물학자 홀리 더블린의 얘기가 나오는데 무척 흥미롭다. 그는 동부 아프리카에서 임신한 코끼리를 1년 동안 따라다녔는데, 코끼리는 임신 말기가 되면 특정 나무를 찾아내 그 잎과 줄기를 모조리 먹어 치운다고. 그러고 나면 신기하게도 곧 산통이 시작되고, 코끼리는 건강한 새끼를 낳더라는 것. 코끼리가 먹은 그 나무는 케냐의 여성들이 분만 촉진제로 사용하는 것과 같은 것이었다고 하니, 동물과 사람이 같은 식물을 이용하는 지혜가 참으로 놀랍기만 하다.

어떤 약초학자에 의하면, 열대지방의 밀림에 사는 원숭이들은 말라리아를 옮기는 모기한테 물려 으슬으슬 추운 기운을 느끼면 금계랍나무를 찾아 껍질을 갉아 먹고 말라리아를 치료한다고 한다. 금계랍나무 껍질은 맛이 몹시 쓰기 때문에 원숭이들도 평소에는 절대로 먹지 않는다고 한다. 의학자들도 금계랍나무에서 말라리아 치료약인 키니네를 얻는 방법을 원숭이한테서 배운 것은 아닐까.

그 밖에도 동물들이 병이 났을 때 식물들을 이용해 치유하는 사례들은 무수히 많다. 쥐들은 뱀한테 물리면 흙탕물을 마셔서 독을 풀고 상처를 치료하며, 거미는 벌한테 쏘이면 지렁이의 똥을 상처에 바르거나 토란즙을 상처에 바른다고 한다. 개구리는 상처를 입었을 때나 몹시 피곤할 때, 질경이 잎 밑에 엎드려 있으면 상처가 빨리 낫고 기력이 회복된다고 한다. 직접 보지는 못했지만 질경이 잎 밑에 납작 엎드려 있는 개구리를 상상만 해도 절로 탄성이 나온다. 끈질긴 생명력을 가져 무병장수 식품으로 알려져 있는 질경이는 해독과 지혈 등의 효능을 지니고 있으니 개구리가 쉬면서 치유할 수 있는 회복의 그늘이 될 수 있었으리라.

곰의 지혜에 주목한 시야키 덴스모어라는 학자는 《테톤수우족의 음악》이라는 책에서 매우 흥미로운 이야기를 들려준다.

곰은 여러모로 성급하고 포악하다. 하지만 곰은 다른 동물들이 눈길도 안 주는 약초에 주의를 기울인다. 그리고 이것들을 캐내서 자신을 위해 쓸 줄 안다. (…) 식물을 약으로 쓰는 것에 관한 한 곰은 동물들 중에 으뜸이다. 그러므로 꿈에서 곰을 보면, 약초로 질병을 치료하는 전문가가 되리라는 것으로 해석해도 좋다.[*]

*   스티븐 해로드 뷰너, 박윤정 옮김, 《식물의 잃어버린 언어》, 나무심는사람, 2005에서 재인용.

시야키의 얘기를 읽고 난 후, 나도 꿈에 곰을 보고 싶다는 생각을 했다.

이런 동물들의 신비로운 지혜를 늘 주목하고 사는 나는 기르는 가축들이 병이 들거나 식구들이 아플 때 되도록 내 주변의 식물에서 약을 구하곤 했다. 지난해 겨울 우리 집 개에게 곰국을 끓여먹고 남은 소뼈를 던져주었는데 그걸 먹고 난 개가 보름이 되도록 아무것도 먹지 못하고 시름시름 앓았다. 병원 약을 사다 먹여도 나을 기미가 없고 그냥 두면 죽을 것 같았다. 그때 문득 떠오른 것이 파인애플. 언젠가 아내가 소고기를 재울 때 파인애플을 넣으면 육질이 부드러워진다고 했던 말이 떠올라, 즉시 파인애플을 사다가 개에게 먹였다. 놀랍게도 보름 동안 먹지 못해 죽어가던 개가 파인애플을 먹고 살아나 까불까불 꼬리를 흔드는 것이었다.

우리 가족은 식중독에 걸리면 즉시 녹두를 사다가 죽을 끓여 먹고 치료하기도 하고, 괭이밥을 요리해 먹고 몸에 쌓인 독을 해독하곤 한다. 또 해독제 가운데 으뜸인 갈대뿌리를 상비약처럼 늘 준비해두었다가 탈이 나면 달여서 먹곤 한다.

173

나는 이처럼 약초와 관련된 책을 읽고 식물을 이용해 병을 치료하지만, 동물들은 자기 병을 치료할 줄 아는 지혜의 본능을 가지고 있는 것 같다. 그러나 오늘날 대부분의 현대인은 병에 걸렸을 때 스스로 치료하는 방법을 모른다. 동물들은 본능적으로 아는데 인간만 모르는 것.

물론 야생과 밀접하게 접촉했던 고대인들은 의식주를 해결하고 병을 치료하는 데 식물을 이용했다. 6만 년 된 네안데르탈인의 무덤 안에서도 약초가 발견되었으며, 지난 6천 년간의 문자 기록들에도 8만 가지 이상의 식물을 일상적으로 이용했다는 기록이 남겨져 있다.

한 예로, 지구상에서 가장 척박한 칼라하리사막의 쿵족 부시맨들은 75가지가 넘는 식물을 일상적으로 섭취했다고 한다. 그들이 뜯어 먹었던 식물들은 씨를 뿌려 재배한 작물이 아니라 그냥 야생에서 자란 식물이었다고. 이런 야생초를 먹고 살았던 그들에겐 오늘 우리에게 아주 흔한 질병이 된 '암'이라는 병도 존재하지 않았다. 게다가 그들은 지금의 우리보다 적게 일하면서도 더 많은 칼로리를 섭취했고 대부분의 시간을 우리가 '여흥'이라고 부르는 활동에 할애했다고 한다.

그러나 야성을 잃어버린 채 의학에만 의존하는 현대인들은 오직 병원과 조제약에만 의존하며 살아간다. 나는 이런 방식의 삶이 싫어 숲과 개울과 식물과 야생의 동물들이 살아 있는 시골로 들어왔다. 문명의 속도와 편리를 일부러 멀리하고 대자연과 조화로운 삶을 살고 싶었기 때문이다.

하지만 내가 사는 시골에도 자연은 나날이 심각하게 훼손되고 있다. 얼마 전 마을의 아름다운 둘레길을 걷다가 인접한 야산 밑의 인동 군락이 굴삭기의 주걱손에 찍혀 사라지는 걸 보았다. 아내는 자기가 그토록 아끼는 인동 군락이 사라진 것을 보고 가슴이 아프다며 눈물까지 흘렸다.

인동, 매혹적인 향기와 뛰어난 약성 때문에 많은 사람이 소중히 여기는 식물이 아니던가. 그런 광경을 보면 혈연의 죽음을 보듯 한없이 마음이 아프다. 어떤 생태학자의 보고에 따르면, 지구의 식물 종이 하루 한 가지씩 사라지고 있다고 한다. 그렇게 식물들이 사라져버리면, 지구 위에 살아가는 생명체들은 도대체 어디에서 약을 구한단 말인가.

추운 겨울에도
줄기가 마르지 않는 나무

인동

초여름 날 아침 일찍 홀로 산행에 나섰다. 올해는 유난히 무더워 해 뜨기 전에 여름 숲으로 산행을 나선 것. 집에서 멀지 않은 야산의 소나무 군락을 지나 참나무 군락의 오솔길로 들어서자 이미 신발과 바짓가랑이가 다 젖어 있었다. 밤새 내린 이슬 때문이다. 아랫도리가 축축하지만 그래도 무더위를 식혀주는 이슬들이 고맙기만 했다. 오솔길 옆엔 여리고 부드럽던 봄풀들이 무성히 자라 짙푸른 숲으로 변했다. 산은 온통 여름 식물들이 뿜어대는 생명의 기운으로 넘실대고 있었다.

막 떠오르는 아침 햇살을 받으며 푸른 잎새들이 살랑거리는 싸리나무 군락을 지나자 갑자기 은은한 꽃향기가 물씬거린다. 향기 나는 쪽을 보니, 찔레 덩굴과 화살나무를 휘감으며 꽃을 피운 인동 덩굴이 모습을 드러낸다. 인동 덩굴이 덮인 작은 숲은 아침 볕을 받으며 금빛 은빛으로 타오르는데, 꽃들로 뒤덮여 낙원에라도 들어선 듯한 기분을 자아낸다.

인동 덩굴 옆엔 사위질빵도 꽃을 피우며 향기를 내뿜고 있었다. 사위질빵은 인동과 거의 같은 시기에 꽃을 피우는데 흰색의 꽃은 잎겨드랑이에 달려 무척 커 보인다. 향기로 비교하면 어금버금한 사위질빵 꽃과 인동 꽃은 대표적인 여름꽃. 이 두 종류의 꽃을 보면 여름이 성큼 당도한 것을 알 수 있다.

인동 꽃향기에 반해 가까이 다가가 꽃에 코를 가져다 대려는 순간, 나보다 먼저 꽃향기에 반해 몰려든 녀석들이 붕붕거린다. 나는 주춤 물러섰다. 새벽 일찍 출근해 향기 진동하는 푸른 덩굴 속을 들고 나는 일벌들. 인동 꽃은 향기만 좋은 것이 아니라 꿀을 많이 함유하고 있어 벌들의 사랑을 듬뿍 받는다. 따라서 인동 덩굴 주위는 벌들의 날갯짓소리로 늘 소란스럽다. 강원도 오지에서 어린 시절을 보낸 내게는 인동 꽃을 따서 꽃 속 단물을 빨던 추억이 지금도 아련하게 살아 있다. 꿀 많은 꽃 중에는 이름 자체가 꿀풀이라 불리는 식물도 있는데, 꽃송이를 꺾어 쪽쪽 소리 내어 빨아 먹기도 했었다.

나는 꿀벌에 쏘일까 조심하며 어린 시절처럼 인동 꽃 하나를 따서 입에 넣고 쪽쪽 빨아보았다. 몇 개를 빨았더니 입안에 향긋한 단물이 고였다. 그 순간 문득 드는 생각. 풀이나 나무, 꿀벌 같은 존재들은 모두 다른 생명체들과 자발적인 소통을 나누고 있구나. 예컨대, 어떤 나무에 나쁜 벌레가 있으면 그 나무가 주위의 나무들에게 소식을 전해서 그 벌레가 도착하기 전에 미리 쓴 물질을 내뿜어 나쁜 벌레의 침입을 막도록 도와준다고. 꿀벌들도 먹을 만한 양식을 발견하면 꿀통으로 돌아와서 특별한 춤을 추어 동료 벌들이 양식을 얻을 수 있도록 돕는다고 한다.[*]

인동 역시 꽃향기로 다른 생명체들을 불러들여 소통하며 그 생명체들에 필요한 화학물질을 제공하고 있는 것. 산행을 마치고 내려오며 나는 인동 꽃 몇 송이를 뜯어 봉지에 담아 가지고 집으로 돌아왔다. 평소 아내는 인동 꽃을 보거나 그 향기를 맡으면 무척 행복해하기 때문이다. 인동 꽃향기를 맡은 날이면 언제나 아내는 이런 말을 덧붙였다.

"참 이상해. 왜 화장품 만드는 이들은 인동 꽃의 은은한 향기를 모르는 걸까요?"

---

[*] 베어 하트, 형선호 옮김, 《인생과 자연을 바라보는 인디언의 지혜》, 황금가지, 1999.

대문간으로 들어서며 아내를 불러 내가 뜯어온 인동 꽃을 건네주자 아내가 고맙다며 말했다.

"당신, 인동에 얽힌 아름답고 슬픈 전설을 아세요?"

"아름 슬픈 전설이라! 모르는데…"

평소 식물에 대한 관심이 많은 아내는 중국 민담에서 읽었다며 인동에 얽힌 전설 한 자락을 풀어놓았다.

옛날, 중국 땅에는 마음씨 고운 부부가 살고 있었는데, 이 부부는 금화와 은화라는 쌍둥이 딸을 슬하에 두고 있었다. 금화와 은화는 평소 서로를 얼마나 아끼는지 항상 붙어서 지냈고, 살아 있을 때뿐만 아니라 죽어서도 한 무덤에 묻히자는 약속을 하기까지 했다.

이 쌍둥이 딸이 무럭무럭 자라 혼인할 나이가 되었을 무렵, 마을에 몹쓸 전염병이 창궐하였다. 언니인 금화가 먼저 전염병에 걸려 몸져눕고 말았다. 동생 은화는 정성을 다해 언니를 간호했으나 금화는 점점 쇠약해져만 갔고, 은화 역시 그 무서운 전염병을 피해가지 못했다. 병이 깊어져 죽음을 앞둔 자매는 세상을 떠나기 전에 부모에게 이런 유언을 남겼다.

"아버지, 어머니, 우리가 죽으면 약초가 되겠어요. 이 세상에 다시 피어나 우리가 걸린 병으로 죽는 사람이 없게 하겠어요."

금화와 은화는 결국 죽어서 한 무덤에 묻혔는데, 이듬해 봄 신비롭게도 그 무덤에서 한 줄기 가느다란 덩굴이 자라났다. 덩굴은 이리저리 뻗어가며 무성하게 자라더니 여름이 오자 금색과 은색의 예쁜 꽃들이 뒤섞여 피어났다. 그 꽃을 본 사람들은 금화와 은화의 혼이 꽃으로 피어난 것이라 생각하여 '금은화'라고 불렀고, 사람들의 질병을 고치는 약으로 쓰이게 되었다고 한다.

이런 아름답고 슬픈 전설을 향낭처럼 간직한 인동은 인동과에 속하는 반상록 덩굴식물로 여러 이름으로 불린다. 겨우살이덩굴이라는 이름으로도 불리는데, 추운 겨울에도 줄기가 마르지 않고 살아서 봄에 다시 새순을 내기 때문이다. 또 금은화라는 이름으로도 불리는데 그것은 은빛 꽃과 금빛 꽃을 차례로 피우기 때문이다. 한편 인동은 풀이 아닌 나무인데 사람들은 흔히 인동초忍冬草라고 부른다. 사람들은 흔히 파란만장한 삶을 살면서 온갖 풍상을 참고 잘 이겨낸 사람을 '인동초'라 호칭하기도 하는데 그것은 인동이 추운 겨울을 이겨내는 인내와 끈기를 상징하는 것으로 여겨지기 때문인지도 모른다.

　　인동은 우리나라 북부지방을 제외한 전국의 산과 들에서 흔하게 자라며, 중국과 일본에도 분포한다. 햇빛이 잘 드는 양지를 좋아하는 정열적인 식물. 줄기는 오른쪽으로 감겨 올라가며, 속이 비고, 무려 5미터까지 길게 자란다. 잎은 마주나며, 넓은 피침형 또는 난상 타원형으로 가장자리가 밋밋하다. 잎자루에는 털이 난다. 꽃은 5~8월에 잎겨드랑이에서 한두 개씩 달리며, 처음에는 흰색이지만 나중에는 노란색으로 변한다. 화관은 예쁜 입술 모양. 수술은 다섯 개이고, 암술은 한 개. 열매는 둥글고, 9~10월에 검게 익는다. 열매는 먹을 수는 있지만 맛이 없어 먹는 사람이 없다.

　　인동은 뛰어난 약성을 지닌 식물로 오랜 세월 많은 사람의 사랑을 받아왔다. 민속의학자인 인산 김일훈 선생은 《신약》이라는 책에서 인동이 염증을 없애고 독을 푸는 데 으뜸이라고 하였다. 지금까지 연구된 바에 의하면 인동은 각종 비타민과 단백질, 미네랄, 폴리페놀 등이 풍부하게 들어 있다고 한다. 특히 폴리페놀 성분은 우리 몸에 있는 활성 산소(유해 산소)를 해가 없는 물질로 바꾸어주는 항산화 효과가 있어 노화를 예방해준다.

우리 집에서는 이처럼 좋은 약성을 지닌 인동으로 술을 담그거나 차를 만들어 마신다. 인동 술은 초여름에 금방 핀 흰 꽃을 따서 말려 소주나 청주에 넣고 따뜻한 곳에 한 달 가량 두어 옅은 노란빛으로 우러나면 마실 수 있다. 이 술은 종기, 부스럼, 관절염 등에 효과가 좋다고 한다. 인동 술을 담가두면 꽃향기를 맡을 수 없는 한겨울에도 향긋한 꽃술을 마시며 그리움을 달랠 수 있다.

　　잎을 활용하는 인동차는 그 맛과 빛깔이 녹차와 비슷하다. 여름이 되면 인동 잎을 따서 작두로 썰어 그늘에 하루쯤 두었다가 불에 가볍게 덖어낸다. 우리 집 뒤란에는 가마솥이 걸려 있어 해마다 불을 피워 인동 잎을 덖는다. 그렇게 덖어낸 잎을 비닐봉지에 담아두었다가 차를 마시고 싶을 때 2~3그램씩 덜어 더운물에 우려내어 마신다. 인동차는 해열, 이뇨, 감기, 종기 등에 효과가 있으며 간염에도 좋다고 한다.[*]

　　인동을 약으로 쓰려면 잎은 여름부터 가을까지, 덩굴은 가을에 채취하여 잘게 썰어 말려두어야 한다. 인동 같은 야생초는 매우 흔하지만 그걸 뜯어 약으로 쓰려면 부지런

---

[*]　　권혁세, 앞의 책.

해야 한다. 나는 텃밭 농사도 하고 생계를 위해 글도 쓰며 살아가는데, 틈틈이 들로 산으로 나가 우리 가족에 필요한 약초를 뜯어다가 말려 저장해두곤 한다.

모든 식물들이 그렇지만 인동도 지구의 다른 생명체들을 위해 자기 존재 자체를 아낌없이 선물로 내어주는 식물이다. 인동의 꽃말에도 그것이 잘 나타나 있다. 인동 꽃의 꽃말은 '헌신적인 사랑'이고, 인동 덩굴의 꽃말은 '아버지의 사랑'이다. 일찍이 이런 꽃말을 붙인 이는 청초하고 그윽한 향기를 내뿜는 인동에서 어버이의 헌신과 사랑을 느꼈던 것일까. 아마도 그 사랑에 대한 고마움에서 이런 꽃말을 붙였으리라.

어디 인동뿐이랴. 지구 위의 모든 풀과 나무들을 우리는 이런 꽃말로 칭송해야 마땅하지 않을까. 이런 점을 존재 근원의 자리에서 파악한 수도승 마이스터 에크하르트는 "하느님이 깃들어 있고, 하느님이 둥지를 틀고 있는 이 신성한 우주의 선물에 대해 우리가 할 수 있는 말은 '감사합니다!'라는 한 마디뿐"이라고 했다.

이런 깨우침 때문일까. 산행 중에 인동 꽃이 매달린 덩굴 속을 들고 날며 벌들이 붕붕거리는 소리를 들을 때마다 나는 그것이 예사롭게 들리지 않았다. 수천수만 번 날개를 치며 꽃들과 사랑의 교감을 나누는 저 소리는 벌들이 인동 덩굴에 바치는 감사의 의식일 거라고!

흙바닥을 비단처럼 뒤덮은
공생의 풀

비단풀

＋

　그 약초를 만난 건 뜻밖이었다. 나는 그날 원주의 깊은 골짜기에 있는 고산호수를 다녀오는 길이었다. 평소에도 물을 좋아해 이따금 찾아가던 호수. 그냥 호숫가에 앉아 잔잔한 물 위로 날아다니는 두루미들을 볼 수 있고, 시간을 엿가락처럼 줄였다가 늘였다가 하는 뻐꾸기 소리를 듣기만 해도 마음의 걱정과 시름을 달랠 수 있는 곳. 낚싯대도 챙겨갔지만 몇 마리 잡은 물고기마저 그냥 놓아주고 오는 길이었다.

　돌아오는 길가에는 농가들이 오순도순 모여 있는 송곡이란 마을이 있었는데, 나는 그 마을을 그냥 지나칠 수 없었다. 마을 앞 길목에 내가 흠모하는 해월 최시형 선생의 피체비被逮碑가 세워져 있었기 때문이다. 밥 한 그릇에 무한한 감사를 느꼈던 해월, 천덕꾸러기 취급을 당하는 바닥 인생들조차 하느님으로 공경하는 사인여천事人如天의 일생을 살아온 해월은 바로 이곳 송곡 마을에서 은거하던 중 체포되었던 것이다. 이 피체비는 원주 출신의 무위당 장일순 선생이 살아 계실 때 손수 글을 써서 세운 것인데, 나는 피체비에 새겨진 해월의 글귀를 매우 좋아한다.

"천지는 부모요, 부모는 천지니, 천지부모는 한 몸이라."

무위당의 힘찬 글씨를 가슴에 새기며 돌아서는데, 동행한 아내가 갑자기 소리쳤다.

"저길 좀 봐요. 우리가 찾던 풀이 쫙 깔렸네요."

아내가 손으로 가리키는 곳을 보니, 개울 옆 둔덕에 비단풀이 양탄자처럼 깔려 있었다. 비단풀의 본디 이름은 '애기땅빈대'. 땅 위를 빈대처럼 기어다닌다고 해서 붙은 이름. 이 풀이 비단풀이라는 이름을 갖게 된 건 땅을 비단처럼 곱게 덮고 있기 때문이다. 북미가 원산지인 귀화식물로 우리나라 들이나 길가에서도 많이 자라는데, 윤기가 흐르는 푸른 잎에 붉은빛이 감도는 갈색 반점이 찍혀 있다.

뙤약볕이 내리쬐는 무더운 날씨였지만 우리는 걸음을 떼지 못하고 비단풀을 뜯기 시작했다. 이런 군락지를 만나는 것이 쉽지 않기 때문이다. 땀을 뻘뻘 흘리며 비단풀을 뜯던 아내는 줄기에서 나오는 흰 즙을 꾹 짜서 보여주며 말했다.

"이 즙 색깔이 꼭 젖 같아 보이지 않아요?"

"오호, 그러네. 이 젖 같은 성분이 사포닌이라죠?"

"맞아요. 산삼이나 더덕, 도라지에도 많이 포함된 성분이죠."

비단풀의 줄기에서 나오는 흰 즙이 젖 같다는 아내의 말에 나는 문득 평생을 애기땅빈대처럼 삶의 바닥을 치며 살았던 해월 선생이 말한 그 유명한 젖 이야기가 떠올랐다. 나중에 '밥 사상'으로 불린 대목이다.

> 젖은 사람 몸에서 나오는 곡식이요, 곡식은 천지에서 나는 젖이라네. 그러니 사람이 어려서 어머니의 젖을 빠는 것도 천지의 젖을 먹는 것이고, 자라서 곡식을 먹는 것 또한 천지의 젖을 먹는 것일세. 그래서 밥 한 그릇의 이치를 알면 만사를 아는 것이라네.*

우리는 젖 같은 생명의 즙을 지닌 비단풀을, '조선의 위대한 혼' 해월에 대한 아픔의 기억이 서린 마을 앞에서 채취한 것이 우연이 아니라는 생각이 들었다. 우리는 약으로 쓸 만큼만 비단풀을 뜯어 집으로 돌아왔다.

---

* 윤석산, 《일하는 한울님》, 모시는사람들, 2014.

비단풀은 그리 흔하진 않지만 우리나라 전역에서 돋아나는 풀이다. 시골에서 많이 볼 수 있지만, 도시의 보도블록이 깔린 길에서도 블록 틈을 비집고 나와 자라는 걸 볼 수 있다. 우리 집 마당에서도 자라는 이 비단풀은 봄풀이 다 스러진 뒤 돋아나기 시작하는 여름풀. 뜯어 먹을 만큼 양이 많진 않지만, 나는 자주 마당에 쪼그리고 앉아 이 소중한 풀의 생태와 습성을 관찰하곤 했다. 비단풀의 붉은 꽃이 핀 모습을 보면 꽃이 작아도 너무 작다. '저렇게 작은 꽃은 무엇이 날아와 수정을 해줄까. 나비나 벌들이 꽃을 찾아 가루받이를 해줄까?' 생각하면서.

어느 날 가만히 엎드려 꽃을 들여다보는 내 눈앞에 꼬물꼬물 나타난 잔 개미들. 아, 바로 너희구나. 사람 눈에는 잘 보이지 않지만, 비단풀 꽃의 환한 미소가 개미 형제들을 꼬드긴 것일까. 옆으로 옆으로 줄기를 뻗어 자라는 폭신폭신한 비단풀을 밟고 다니며 작디작은 붉은 꽃에 붙어 꿀을 빠는 잔 개미들.

그 모습을 제대로 관찰하기 위해 돋보기까지 동원했는데, 그때 나는 보았다. 개미가 비단풀에게서 꿀을 얻는 대신 수정을 해주며 공생하는 아름다운 몸짓들을. 쪼끄만 것들이 쪼끄만 것들과 어울려 땅벌을 살리고 땅벌의 착취자인 인간들마저 외면하지 않고 사랑으로 보듬는다는 것을. 그렇다. 만일 조물주께서 비단풀과 개미의 아름다운 공생을 보고 계신다면 기쁘게 입 맞추고 포옹하기 위해 연인으로 가장한 채 이 피조물들에게 다가서시지 않을까.

'비단'이라는 화려한 수식어가 이름에는 붙어 있지만, 여전히 잡초 취급을 당하는 비단풀. 이 하찮은 풀이 뛰어난 암 치료제라는 소문을 들은 약초학자 최진규는 이 풀을 구하기 위해 아마존 정글까지 찾아갔다고 한다. 숱한 고생과 위험을 무릅쓰고 아마존에 도착한 그는 약초에 대한 지식이 많은 인디오 주술사의 안내를 받아 그 신비의 약초를 구할 수 있었다. 얼마나 기뻤을까. 그는 많은 양의 비단풀을 말려 비행기 화물로 싣고 한국 땅으로 돌아왔다.

며칠 후 그는 자기가 살던 집 앞 공터에 무심코 나갔다가 깜짝 놀랐다. 비단풀이 공터 여기저기에서 돋아나 자라는 광경을 발견한 것. 그가 공터에서 본 풀은 아마존 정글까지 가서 죽을 고생을 하며 가져온 약초와 똑같이 생긴 풀이었다. 푸른 잎의 모양과 잎 가운데 갈색 점이 있는 것도 같았고, 줄기를 끊으면 흰 즙이 나오는 것도 같았으며, 쓴맛이 나는 것도 꼭 같았다. 그 약초는 아마존 정글에만 있는

　　　　　　　　　　　　비단풀

것이 아니라 우리나라에서도 흔히 자라는 풀이었다. 신비의 영약을 발밑에 두고 그는 그 머나먼 지구 반대편까지 가서 찾아 헤매고 다녔던 것. 그는 자기가 사는 곳에 약초가 있었건만 눈이 어두워 보지 못했다고 토로했다.

하지만 나는 그의 지극한 열정에 대해서 찬사를 보내고 싶다. 환자들의 아픔을 자기 몸의 아픔처럼 여기지 않았다면 그런 무모한 모험을 할 수 있었을까. 보통 우리는 자기가 겪어보기 전에는 불치에 가까운 질병으로 괴로워하는 다른 이의 고통을 공감하기 어렵다.

비단풀은 애기땅빈대라는 이름처럼 바닥을 기어다니는 식물이지만, 그 약성은 어떤 다른 식물보다도 뛰어나다. 비단풀은 항암작용이 뛰어난 식물 가운데 하나로, 특히 뇌종양, 골수암, 위암 등에 효과가 크다. 암세포만을 골라서 죽이거나 억제시키고 암으로 인한 여러 가지 증상을 없애며 새살이 빨리 돋아나게 하고 기력을 길러준다고 한다. 비단풀에는 플라보노이드와 사포닌이 들어 있어, 치매 및 감기 예방에도 효과적이라고 알려져 있다.

최근엔 환경부 소속 국립생물자원관이 비단풀 추출물을 활용한 기능성 화장품을 곧 상용화할 것이라고 밝혔다.

2018년부터 자생식물의 유용성을 탐색하기 위한 연구를 진행한 결과 비단풀 추출물이 알데하이드 화합물 등 유해 물질로부터 피부를 보호하는 효과가 있다는 점을 확인했는데, 특히 자외선과 미세먼지로 손상된 피부 장벽을 복원하고 두드러기를 감소시키는 것으로 나타났다고 한다.

한방에서 지금초地錦草로 불리는 이 비단풀의 놀라운 효능은 세간에도 널리 알려져 있지만, 막상 어떻게 먹어야 하는지는 모르는 이들이 많다. 비단풀의 어린잎은 샐러드로 먹을 수도 있고, 삼계탕을 만들 때는 인삼 대신 비단풀을 넣고 끓이면 닭 냄새도 나지 않고 맛이 좋다.

비단풀은 아주 가늘고 부드러워서 많은 양을 채취해도 말리면 얼마 되지 않는다. 하지만 여름이나 가을에 채취하여 그늘에서 말려둔 비단풀은 약으로 요긴하게 쓸 수 있다. 잘 마른 비단풀은 서늘한 곳에 보관해두었다가 필요할 때 달여서 먹는다. 비단풀에 대추를 넣고 은근히 끓여서 음료수로 사용하면 떫거나 텁텁한 맛이 나지 않아 마시기에 좋다.

며칠 전이었다. 저녁 무렵 아내가 특별한 죽을 끓였다

며 식사를 하자고 했다. 평소 기발한 요리 실험을 많이 하는 아내의 식사 초대를 궁금해하며 주방으로 들어갔다. 식탁엔 허여멀건한 죽 두 사발이 놓여 있었다.

"무슨 죽인데 특별한 죽이라 하는 거예요?"

"알아맞혀보시구려."

멀건 빛깔의 죽 속에 거친 식물 줄기가 보이는데 알아보기가 쉽지 않았다. 내가 고개를 갸웃거리고 있자 아내가 입을 뗐다.

"항암죽이에요."

그제야 나는 알 듯싶었다. 해월의 피체비가 있는 곳에서 뜯어온 비단풀이 떠올랐기 때문이다.

"하하하… 비단풀항암죽이로군요!"

숟가락으로 떠먹어보니, 약간 쌉싸름하고 매운맛이 나는데 먹을 만했다. 죽에 넣은 대추의 단맛이 쓴맛과 매운맛을 잡아 맛의 균형을 맞춰준 것 같았다. 나는 혀에 미뢰味蕾가 발달하지 않아 미감이 다른 사람보다 떨어지는데, 맛의 감각은 학습되는 것인지 아내가 끓여낸 비단풀항암죽에는 거부감이 없었다.

죽 한 그릇을 비웠을 뿐인데 포만감이 밀려왔다. 약성이 뛰어난 신비로운 비단풀로 만든 죽이기 때문이리. 어떤 식물학자가 말한 것처럼 우리 내면의 빈자리, 식물만이 채워줄 수 있는 빈자리를 비단풀이 채워주었기 때문이리.

우리는 이 빈자리를 채우지 않으면 반쪽짜리 삶을 살 수밖에 없다. 비단풀을 뜯으면서도 연실 '고마워' '미안해'라고 중얼거렸지만, 우리는 다 먹고 난 빈 죽그릇을 앞에 두고도 감사의 비나리를 바쳤다. '그대가 있어 내가 있다'는 인도의 속담처럼 땅별의 동반자인 그대가 없으면 인간이 치유될 수도, 부족한 부분을 채워 온전해질 수도, 인간 본연의 모습으로 살아갈 수도 없으므로!

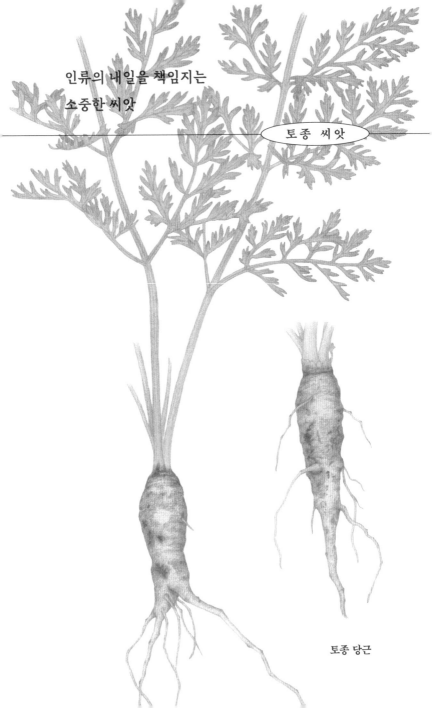

인류의 내일을 책임지는
소중한 씨앗

토종 씨앗

토종 당근

토종이라는 말에서는 고향의 흙냄새가 물씬 난다. 토종 씨앗에서는 늦가을 배추 뿌리를 씹을 때 혀끝에 느껴지던 들큰한 냄새가 난다.

오늘 난 텃밭에서 토종 씨앗을 받았다. 봄 내내 텃밭에는 토종 배추, 토종 무, 토종 당근, 토종 갓이 피운 하얗고 노란 꽃무리로 찬연했다. 초등학생 키만큼이나 자란 꽃무리는 혹한의 겨울을 이겨내고 존재감을 뽐내는 것 같았다. 지난해 가을에 뿌려 김장용으로 수확한 뒤 몇 포기씩 남겨둔 배추, 무, 당근, 갓 들이 추운 겨울을 난 뒤 꽃을 피우고 열매를 맺은 것. 배추, 무, 갓의 씨앗은 5월 중순쯤 받았고, 오늘은 당근 씨앗을 받는 날.

하얗게 변색된 당근 꽃대궁을 베어 아내에게 건네주자, 토종 씨앗을 받는 것이 설레는지 아내의 얼굴이 발갛게 물들었다. 꽃대궁을 다 베어 조심조심 마당으로 옮기고 있는데, 앞집의 박 씨 할머니가 경로당으로 향하던 걸음을 멈

토종 씨앗

추고 물었다.

"날도 뜨거운데, 뭘 하시우?"

"아, 씨앗 받으려고요. 그냥 놔두면 다 터져버리잖아요."

"요샌 씨앗 받아 농사짓는 사람이라곤 없는데… 뭐 특별한 씨앗이유?"

"네, 토종 당근 씨예요. 나중에 좀 나눠드릴까요?"

박 씨 할머니는 대답 대신 고개를 설레설레 흔들며 경로당으로 걸음을 옮긴다.

우린 마당에 멍석을 펼쳐놓고 그 위에 작은 씨앗들이 빠져나가지 않도록 얇은 천을 깐 후 방금 베어온 마른 꽃대궁을 가지런히 펴서 널었다. 한여름 볕살이 무척 따가웠다. 사나흘 정도 말리면 씨앗을 채종할 수 있을 것 같았다.

박 씨 할머니 말처럼 요샌 씨앗을 받는 농부들이 거의 없다. 봄이 오면 그냥 종묘상에서 사다가 심는다. 토종 씨앗도 거의 사라졌다. 우리가 심은 토종 씨앗들도 충북에 있는 '토종씨앗나눔모임'에서 어렵사리 구한 것. 그런 모임을 지속하는 이들은 그 존재가 착한 종자은행들이다. 그 종자은행에서 얻어온 씨앗으로 종자를 얻었으니, 나도 착한 종자은행이 되어 필요한 이들과 나누어야지!

옛날 농부들은 씨앗을 소중히 했다. 자기 목숨보다 귀하게 여겼다. 자연재해로 흉년이 들어 당장 먹을 양식이 없어도 굶어 죽을지언정 씨앗은 먹지 않았다고 한다. 한 번 잃으면 찾을 수 없고, 돈 주고 살 수도 없는 토종 씨앗. 옛 농부들에게는 씨앗을 지켜내는 것이 자긍심이었고 마지막 자존심이기도 했다. 씨앗이 없으면 식량도 없고, 식량이 없으면 인류의 내일도 없으니까.

씨앗과 관련된 책을 읽던 중에, 전 세계를 돌아다니며 토종 씨앗을 모아 종자은행을 만들고 그것을 지키려다가 목숨을 바친 지구 영웅의 이야기를 읽었다. 노새를 타고 전 세계를 누비며 토종 씨앗을 모은 러시아의 식량학자 니콜라이 바빌로프. 그는 세계를 돌아다니며 38만 종이 넘는, 발아 가능한 씨앗을 모아 러시아에 종자은행을 설립했다.

그러나 제2차 세계대전 때 종자은행에 보관하고 있던 소중한 씨앗들을 러시아를 침공한 히틀러 군대에게 빼앗기고 나중엔 목숨까지 잃고 말았다. 히틀러는 우스꽝스럽게도 엄격한 채식주의자인데다가 생식을 즐겼고, 아리아인의 우월성에 사로잡혀 인종 정화를 위해서는 순수한 음식을 먹어야 한다는 해괴망측한 생각을 가지고 있었다고 한다.

토종 씨앗

바빌로프와 뜻을 같이하던 연구원들도 이 비극을 피해 가지 못했다. 히틀러 군대에게 종자를 빼앗기지 않기 위해 지하실에 숨겨 보관하던 씨앗을 지키려다가 굶어 죽고 말았다고 한다.*

이 얘기를 읽고 나니, 가슴이 뭉클해지며 어릴 적 기억이 떠올랐다. 어느 날 흙벽돌로 지은 허름한 광에 들어갔는데, 나무로 짠 선반 위에 종재기와 조그만 오지항아리들이 가지런히 얹혀 있었다. 호기심이 많은 나는 종재기와 오지항아리의 뚜껑을 열어보았다. 그릇 속에는 다양한 씨앗들이 보관되어 있었다. 벼, 보리, 조, 녹두, 팥, 수수, 참깨, 들깨 등이 있었고, 특히 콩 씨앗들은 여러 종류가 그릇에 담겨 있었다. 어머니는 쥐가 먹지 못하도록 씨앗들을 종재기나 오지항아리에 담아 보관해두셨던 것.

토종 씨앗들은 이렇게 수수만년 대물림되어왔다. 어머니의 어머니, 할머니의 할머니들의 생명을 보듬는 극진한 손길을 통해서.

지상의 음식은 어디서 오는가. 농부들이 자기 목숨처럼 소중히 지켜온 씨앗에서 온다. 오만하기 짝이 없는 우리

---

* 게리 폴 나브한, 강경이 옮김,《지상의 모든 음식은 어디에서 오는가》, 아카이브, 2010.

현대인들은 살아 있는 생명을 가지고 온갖 장난질을 치고 있지만, 그렇다고 씨앗 한 톨 만들 수 있던가. 농부들의 미운털이 박힌 쇠비름이나 바랭이, 나팔꽃 씨앗이라도 한 톨 만들지 못하지 않는가.

강원도 원주의 시골에 칩거하며 손수 농사를 짓고 대하소설 《토지》를 집필한 박경리 작가는 씨앗에 대한 깊은 성찰을 보여주는 아름다운 문장을 남겼다.

어떤 작가는 소설가란 하느님을 닮으려는 사람이라 했다. 그러나 나는 씨앗을 닮으려는 사람이다. 씨앗이 함축하고 있는 신비는 하느님의 신비이기 때문이다.*

이 문장을 읽은 탓일까. 텃밭에서 거둔 작디작은 씨앗들을 들여다보고 있으니 거룩한 창조의 영靈의 수런거림이 들리는 듯싶다. 농부이자 소설가로 살던 작가도 하느님의 신비가 깃든 그런 수런거림을 들은 것일까. 이런 작가의 고백이 소중하게 느껴지는 것은 오늘날 지구 위에 존재하는

---

*   박경리, 《꿈꾸는 자가 창조한다》, 나남, 1994.

성스러운 생명에 가해지는 무지막지한 핍박 때문이다.

'터미네이터terminator'라는 말을 들어보셨는가. 영화 제목 아니냐고? 맞다. 그러나 내가 여기서 말하려는 터미네이터는 유전자 조작으로 파종한 뒤 수확기에 거둬들이는 종자를 불임不姙으로 만드는 기술을 일컫는다. 이 기술로 만들어진 모든 씨앗들은 1년이 지나면 배아胚芽가 싹을 틔우지 못한다. 이를테면 배아가 자살을 하도록 조작한 것. 종묘상에서는 이처럼 형질이 변경된 씨앗과 모종을 판다. 전 세계의 가난한 농부들은 이런 터미네이터 종자를 해마다 돈을 주고 사야 한다. 우리나라 밭에서 자라는 많은 작물도 대부분 터미네이터 식물들이다. 터미네이터 고추, 터미네이터 오이, 터미네이터 가지, 터미네이터 수박 등등.

그런 씨앗을 심어온 농민들은 이제 수확을 하고 나서도 씨앗을 거두지 않는다. 설사 씨앗을 거두어 심어도 싹을 틔우지 못하거나 싹을 틔워도 결실이 없거나 불량품이 되기 때문이다. 그래서 늘 새로운 종자를 사고 모종을 사들인다. 오늘날 배추, 무, 고추, 옥수수, 콩을 비롯한 거의 모든 품종은 자손을 번식하지 못하고 영원히 잠드는 종자의 묘지가 되었다.

이처럼 돈벌이에 미친 인간의 파렴치한 시도로 인해 수십만 년 동안 씨앗과 식물로 이어지던 자연의 순환고리가 끊어진 것. 이제 평생 농사를 해온 이웃의 농부들도 손수 수확해 갈무리한 씨앗이 없다. 나는 두렵다. 수십만 년 지속해온 자연의 순환고리를 끊어버린 우리 시대의 천민 자본주의와 결탁한 과학. 그 과학의 노예로 살아가는 인간 역시 그 순환고리가 끊어지지 않는다고 장담할 수 있을까. 이런 생각을 하면 절망적인 기분에 사로잡히지만, 텃밭에서 쑥쑥 자라는 한여름의 푸른 고집들을 보며 울가망한 마음을 추스르곤 한다.

저물녘, 당근 씨앗을 널었던 멍석을 둘둘 말아 밤이슬을 맞지 않도록 처마 밑으로 옮길 때였다. 전화벨이 울렸다. 백운산 밑에 자드락밭을 마련해 2년 전에 귀농한 후배의 전화였다. 나이에 비해 몸가짐이 나볏하고 성실해 내가 좋아하는 후배. 시골 생활이 아직 서툰 후배는 궁금한 것이 있으면 시도 때도 없이 전화를 한다.

"형님, 오늘은 뭐하셨어요?"

"아, 씨앗을 받았어. 토종 당근 씨!"

토종이라는 말에 구미가 당기는 걸까. 후배는 그것 좀

넉넉히 나눠줄 수 없겠느냐고 물었다.

"나눠줄 사람이 많아 넉넉히 줄 수는 없을 것 같은데…"

"씨앗 값은 드릴 테니, 저한테 좀 많이 주세요."

"옛날부터 토종 씨앗은 돈을 받고 팔지 않았어. 조금 나눠줄 테니 일단 심어봐."

그렇다. 옛날 농부들은 씨앗을 절대 사고팔지 않았다. 우리 아버지 어머니가 그러셨고 선대의 모든 농부들이 그랬다. 씨앗을 이웃과 나누는 것은 그분들의 농심農心이요, 자긍심이었다. 오늘날 토종 씨앗에 관심을 갖는 농부는 매우 드물다. 토종 씨앗을 심어 수확한 곡식이나 채소는 개량종에 비해 크기도 작고 수확량도 적어 돈이 되지 않기 때문이다. 토종 씨앗은 소농이나 자급농을 하는 극소수의 사람들만 찾는 형편이다.

"형님 뜻 알았으니 조금 나눠주시면 심어볼게요."

"그래, 몇 알만 심어 잘 가꾸면 자네도 금방 종자은행이 될 수 있어."

"하하, 종자은행요? 그런데 왜 형님은 토종 씨앗을 고집하죠?"

나는 후배에게 차근차근 설명해주었다.

"토종 작물은 병충해에도 강하고 무엇보다 맛이 좋아.

204

토종 배추나 무, 시금치나 오이를 수확해 냄새를 맡으면 향이 아주 진하지. 마트에서 사 먹는 개량종 채소나 과일에서는 향이 거의 사라졌어. 식물의 향미가 깊고 진하면 영양소도 풍부하거든.”

“오늘 정말 귀한 걸 배웠네요!”

초록 땅별의 지속가능성이 위태롭고 기후 위기가 눈앞에 어른거리는 이즈음, 나는 내 식구들의 호구를 채워주는 소농이 희망이라고 믿는다. 귀농한 후배도 돈벌이가 안 되는 소농의 힘든 과정을 잘 견디기를!

통화가 끝난 뒤 토종 씨앗을 나누는 작은 종자은행장(!)의 마음으로 후배에게 내가 좋아하는 시인의 〈씨앗을 심으며〉라는 시를 문자로 보내주었다.

씨앗을 심으며
내 손은 지구와 하나가 된다.
씨앗이 자라기를 바라며
내 마음은 빛과 하나가 된다.
괭이질을 하며
내 손은 비와 하나가 된다.

식물을 돌보며

내 마음은 공기와 하나가 된다.

배고픔과 믿음으로

내 마음은 지구와 하나가 된다.

과일을 먹으며

내 몸은 지구와 하나가 된다.[*]

---

* 웬델 베리, 〈씨앗을 심으며〉(사티쉬 쿠마르, 정도윤 옮김, 《그대가 있어 내가 있다》,
  달팽이, 2004에서 재인용).

옛날 농부들은 씨앗을 절대 사고팔지 않았다.

우리 아버지 어머니가 그러셨고

선대의 모든 농부들이 그랬다.

씨앗을 이웃과 나누는 것은

그분들의 농심農心이요, 자긍심이었다.

자신을 지키기 위한
가시 몇 개쯤은

엉 겅 퀴

가을걷이가 끝난 뒤 오래전부터 알고 지내온 스님이 머무는 암자를 찾아갔다. 파란 하늘은 구름 한 점 없이 투명했고, 암자로 오르는 길엔 낙엽이 잔뜩 쌓여 푹신한 카펫을 밟는 기분이었다. 가쁜 숨을 몰아쉬며 천천히 산길을 오르는데, 미리 연락을 받은 스님이 마중을 위해 산을 내려왔다. 스님의 손엔 삽과 괭이 같은 연장이 들려 있었다. 나는 공손히 합장을 한 후 두 팔을 벌려 스님을 반갑게 끌어안았다.

"스님께서 마중을 다 나와주시고!"

"당연히 나와야죠. 형님!"

동생뻘인 스님은 나를 형이라 부른다. 십여 년 전에 만난 우리는 서로 종교가 다르지만 종교 간의 울타리를 허물고 살아야 한다는 데 뜻이 맞아 호형호제하며 지내는 사이가 되었다.

"오늘은 이 아우 보러 온 게 아니시죠?"

"아니, 무슨 말씀을! 이 암자에 기거하는 물상 가운데 스님 아닌 것들이 뭐가 있단 말이오! 나무-스님, 풀꽃-스님, 새-스님, 돌-스님, 냇물-스님, 구름-스님, 하늘-스님…"

내가 불쑥 건넨 말이 맘에 든 걸까. 스님은 박장대소했다. 스님과 함께 다시 산길을 오르는데, 길가에는 잎이 마르고 키가 큰 엉겅퀴들이 쭉 도열해 있었다. 엉겅퀴 우듬지엔 잘 여문 씨앗들에 매달린 갓털(씨방의 맨 끝에 붙은 솜털 같은 것)이 곧 날아가기라도 할 듯 바람결에 펄럭거리고 있었다. 우리는 길가의 엉겅퀴는 놔두고 스님이 채소 농사를 짓는 밭 옆의 엉겅퀴 군락지로 들어섰다.

"형님, 그럼 한번 캐볼까요?"

"목마른 사람이 우물을 파야 하는데…!"

"우물을 파는 게 쉽지 않아요. 제가 좀 거들어드릴게요."

스님은 손수 농사일로 생계를 꾸려가고 그걸 또 수행의 방편으로 삼는 분. 나는 삽을, 스님은 괭이를 들고 엉겅퀴 뿌리를 캐기 시작했다. 잔돌들이 많은 딱딱한 땅에 박힌 엉겅퀴 뿌리는 오래 묵었는지 쉽사리 자신을 내주지 않았다. 하지만 농사일에 숙련된 스님의 힘찬 괭이질 덕분에 두어 시간 동안 굵은 엉겅퀴 뿌리를 원하는 만큼 캘 수 있었다.

다 캔 엉겅퀴 뿌리를 포대에 담고 나니, 스님이 집에 들어가서 차나 한잔하자고 했다. 스님이 집 뒤꼍 항아리에서 손수 떠와 내놓은 차는 엉겅퀴 잎과 줄기를 설탕으로 재워 발효시킨 효소였다. 달콤쌉싸름한 엉겅퀴차를 함께 마시고 난 스님은 기분이 좋은지 문득 소리 한 자락 해도 되겠느냐고 물었다. 평소 노래를 즐기시는 스님은 스스로 작곡해 부르는 노래가 많다. 얼쑤! 좋다며 내가 박수를 치자 스님은 통기타를 들고 나와 동향 시인의 민요시로 만든 소리 한 자락을 구성지게 들려주었다.

엉겅퀴야 엉겅퀴야 철원평야 엉겅퀴야
난리통에 서방잃고 홀로사는 엉겅퀴야
갈퀴손에 호미잡고 머리위에 수건쓰고
콩밭머리 주저앉아 부르는이 님의이름
엉겅퀴야 엉겅퀴야 한탄강변 엉겅퀴야
나를두고 어딜갔소 쑥국소리 목이메네[*]

일찍이 남편 잃고 홀로 사는 시골 아낙의 신산한 삶을 엉겅퀴에 빗대어 노래한 슬픈 시조인데, 신명 넘치는 스님의 목소리로 들으니 전혀 슬프지 않았다. 스님과 헤어져 집

---

[*]   민영, 〈엉겅퀴꽃〉, 《엉겅퀴꽃》, 창비, 1987.

으로 오는 동안 스님이 불러준 노래의 여운이 오래도록 남아 귓가에 쟁쟁했다.

엉겅퀴는 국화과에 딸린 여러해살이풀로 우리나라의 산이나 들에 저절로 나서 자란다. 키는 1미터쯤 자라고 잎에는 뻣뻣하고 억센 가시털이 나 있다. 6월에서 8월 사이에 자줏빛이나 붉은빛의 큼직한 꽃이 피며 10월이 되면 열매가 익는다. 꽃은 지름이 4~5센티미터로 줄기 끝에서 피어난다.

씨는 길이가 7밀리미터쯤 되고 흰색 갓털이 붙어 있다. 잎은 길쭉하게 생겼으며 잎줄기를 중심으로 작은 잎이 새 날개 모양으로 6~7쌍씩 갈라져 있다. 잎의 양면에는 흰 털이 많이 나 있고, 가장자리에 거친 톱니와 날카로운 가시가 돋아 있다. 줄기는 곧고 움푹 골이 패어 있으며, 원뿌리가 땅속 깊이 내려가므로 가뭄이 들어도 잘 자라는 편이다. 엉겅퀴는 억세고 강인한 식물이어서 여간해서는 병이 들거나 죽지도 않으며, 수십 년을 산 것도 드물지 않게 볼 수 있을 만큼 수명도 길다.

엉겅퀴는 종류가 무척 많다. 우리나라에는 큰엉겅퀴, 지느러미엉겅퀴, 초엉겅퀴, 가시엉겅퀴, 흰가시엉겅퀴, 바늘엉겅퀴 등 수십여 종이 있고, 중국과 대만, 일본, 러시아, 유럽에도 엉겅퀴가 분포한다. 여러 종류의 엉겅퀴 중에서 우리나라에서 흔하게 볼 수 있는 큰엉겅퀴와 지느러미엉겅퀴의 약효가 제일 좋다.

오늘 내가 암자 부근에서 채취한 엉겅퀴는 지느러미엉겅퀴인데, 강원도산 엉겅퀴가 약성이 가장 뛰어난 것으로 알려져 있다. 벌써 오래전에 독일의 한 제약회사가 엉겅퀴에서 추출한 물질로 간질환을 치료하는 약을 개발하였고, 그 효능이 뛰어나서 1년에 수천억 원이 넘는 수입을 올리고 있다고 한다. 그 제약회사에서 세계 여러 나라에 있는 엉겅퀴의 약효를 분석 비교한 결과가 나와 있는데, 우리나라에서 난 엉겅퀴가 독일에서 자란 엉겅퀴보다 약효 성분이 여섯 배나 더 많다고 한다.

엉겅퀴는 맛이 쓰고 달고 떫으며, 성질은 따뜻하고 독이 없다. 간과 신장, 심장, 폐, 대장에 들어가서 약효를 발휘한다. 간을 해독하고 피를 맑게 하며 어혈을 풀어주고 종기를 삭이며 혈액을 생성하는 등의 작용을 한다. 엉겅퀴는 순우리말 이름인데, 피를 엉기게 한다고 해서 붙여진 이름. 따라서 엉겅퀴는 지혈작용도 뛰어나다. 코피, 자궁출혈, 치질

로 인한 출혈, 직장암이나 직장 궤양으로 인한 출혈 등 모든 출혈을 멎게 하는 효능이 있다.[*]

엉겅퀴는 잎과 줄기, 뿌리를 다 식용할 수 있다. 섬유질, 단백질, 탄수화물, 지방, 무기질, 비타민 등이 고루 들어있어서 음식 재료로도 전혀 손색이 없다. 우리 집에서는 봄철이나 초여름에 연한 어린잎을 뜯어 뜨거운 물로 살짝 데쳐서 쓴맛을 우려내고 나물로 무쳐 먹는다. 또 어린잎과 줄기를 뜯어서 유기농 설탕에 재워 발효시키면 1년 내내 건강음료로 마실 수도 있다.

엉겅퀴는 뿌리의 약효가 제일 좋다. 늦가을이나 겨울철 땅이 얼기 전에 캐야 한다. 내가 암자 산기슭에서 캐온 엉겅퀴 뿌리는 잘 씻어 말려 차로 끓여 마실 작정이다. 엉겅퀴 씨도 차로 끓여 마실 수 있다. 엉겅퀴 씨를 받으려면 채취 시기를 놓치지 말아야 한다. 씨앗이 여물면 씨앗에 달린 가벼운 갓털과 함께 바람에 실려 날아가버리기 때문이다. 엉겅퀴 씨로 차를 끓여 먹으면 마음이 편안해지고 숙면에도 도움이 된다. 오래 먹으면 뼈가 무쇠처럼 튼튼해지고 면역력이 좋아져서 질병에 쉽게 걸리지 않는다고 한다.

[*]   권혁세, 앞의 책.

암자에서 캐다가 말린 엉겅퀴 뿌리를 차 재료로 쓰기 위해 그 마지막 단계로 뿌리를 작두로 썰던 중 문득 엉겅퀴 꽃말이 궁금해졌다. 나는 즉시 서재에 있는 식물도감을 꺼내 엉겅퀴 꽃말을 찾아보고는 혼자 킬킬대고 웃었다. "(날)건드리지 마세요!" 누가 자신을 건드리는 게 싫다는 뜻에서 그런 꽃말이 붙은 걸까. 아니면 자신을 만지는 사람에게 상처를 줄까 염려가 된다는 뜻에서 붙은 걸까. 하여간 가시로 무장한 엉겅퀴의 생태를 잘 반영한 꽃말임에 틀림없었다.

실제로 나는 엉겅퀴 잎을 뜯다가 몇 번 가시에 손을 찔린 경험이 있다. 엉겅퀴 잎에 붙어 있는 가시는 매우 날카롭고 억세다. 엉겅퀴 가시에 찔리면 바늘에 찔린 것보다 훨씬 더 아프다. 가시 끝에 독이 있기 때문이다. 엉겅퀴를 채취할 때는 그래서 두툼한 가죽 장갑 같은 것을 끼는 게 좋다.

창과 방패로 완전무장한 군인 같은 엉겅퀴. 다른 식물의 가시도 그렇지만 엉겅퀴의 가시는 스스로 자기를 지키기 위한 무기다. 자기 몸에 좋은 영양분과 약효를 많이 지니고 있는 엉겅퀴는 초식동물들이나 곤충들의 먹이가 되기 쉽기 때문에 그렇게 가시로 무장하고 있다는 것. 어린 시절 나는 소를 고향의 강둑으로 데리고 나가 풀을 뜯어 먹이는 목동 노릇도 했는데, 억새나 갈대 같은 억세고 질긴 풀들을 잘 뜯어 먹는 소도 가시를 지닌 엉겅퀴는 절대 건드리지 않던 기억이 또렷이 남아 있다.

들꽃이거든 가시 돋힌 엉겅퀴이리라
사랑이거든 가시 돋힌 들꽃이리라
척박한 땅 깊이 뿌리 뻗으며
함부로 꺾으려 드는 손길에
선연한 핏멍울을 보여주리라
그렇지 않고 어찌 사랑한다 할 수 있으리[*]

이 시를 곰곰 새겨보면 시인은 엉겅퀴의 속성을 정확히 간파하고 있는 듯싶다. 미처 자라기도 전에, 혹은 꽃을 피우고 열매도 맺기 전에 '함부로 꺾으려 드는 손길'을 향해 엉겅퀴는 가시를 빳빳이 세우고 있다는 것. 그런 자기 보호 본능을 통해 엉겅퀴는 비로소 자기 존재를 완성하고 타자에게도 '사랑'을 나눠줄 수 있다는 것이다.

가시가 있다고 미워하지 말자. 사람도 마찬가지 아닌가.

[*]   복효근, 〈엉겅퀴의 노래〉, 《당신이 슬플 때 나는 사랑한다》, 우리글, 2001.

자기를 지키기 위한 가시 몇 개쯤은 누구나 지니고 있지 않은가. 성경의 현자도 자기를 지키는 것이야말로 지혜로운 삶의 자세라며 이렇게 설파했다. "네 마음을 지켜라. 그 마음이 바로 생명의 근원이기 때문이다."(〈잠언〉 4:23)

가시가 있는 식물은 대체로 독이 없고 그 몸에 좋은 약효를 지니고 있다. 엉겅퀴야말로 가시로 울타리를 두른 부호의 보물창고 같다고 할 수 있는데, 그 서식지가 점차 줄어들고 있어 안타깝다. 돈이 된다고 하면 마구잡이로 파헤치는 난개발 때문이다. 더 늦기 전에 우리는 깨달아야 한다. 우리를 살리는 생명의 광휘가 저 산기슭이나 들판에 저절로 자라는 야생초에 깃들어 있음을!

뿌리 깊은 식물이
지구 생명의 희망을 이어간다

메꽃

나는 들길을 걷다 아름다운 꽃을 만나도 함부로 꺾지 않는다. 그냥 꿀벌이나 나비처럼 코만 가져다 대고 흠흠 꽃 향기를 음미할 뿐. 평생 농부로 사셨던 우리 어머니의 말씀이 떠오르곤 하기 때문이다.

　　"풀 한 포기, 꽃 한 송이도 쓸데없이 꺾지 말아라!"

　　어머니는 초등학교 근처에도 가보지 못한 일자무식이었지만, 들꽃은 하느님이 키우시는 성스러운 생명이라는 것을 당신의 온몸으로 알고 계셨던 것일까.

　　봄꽃들이 다 지고 여름꽃들이 피기 시작하는 유월 초순, 사진작가인 친구 K가 묵직한 가방을 둘러메고 불편당을 찾아왔다. 시원한 차 한잔을 대접하고 나자 그는 들꽃을 보러 가자며 재촉했다.

　　"웬 들꽃? 자네는 그동안 주로 꽃 사진 말고 인물 사진을 찍었잖아."

"그랬지. 그런데 나이를 먹으니까 사람보다 야생에서 자라는 들꽃이 더 좋더라고. 아무도 봐주지 않아도 저 홀로 핀 들꽃들이!"

나는 곧 마을 둘레길로 친구를 안내했다. 둘레길은 논 농사를 위해 만들어진, 경운기나 트랙터가 겨우 지나다닐 수 있는 정도의 좁은 농로. 여름풀들이 무성한 논두렁에는 쑥, 쇠비름, 질경이, 쇠뜨기, 메꽃 등이 빼곡하게 자라 있었다. 카메라를 꺼내 들고 둘레길 주변의 들꽃들을 살피던 친구는 논두렁에 막 피어난 메꽃을 보고 물었다.

"저 연분홍색 꽃은 뭐야? 꼭 나팔꽃처럼 생겼는데?"

"아니, 들꽃 사진을 찍었다며 저 꽃도 몰라? 나팔꽃과 생긴 모양이 비슷하긴 하지만 저 꽃은 메꽃이야."

"오, 메꽃! 들꽃에 마음 둔 게 환갑 지난 후이니 아직 들꽃 공부 초등생인 셈이지."

강렬한 여름볕을 받아 무성하게 자란 녹색의 풀들 위로 줄기를 뻗어가며 연분홍 꽃을 피우는 메꽃. 수줍은 어린 아이의 앳된 얼굴 같은 메꽃. 친구가 메꽃에 반해 사진을 찍는 동안 나는 메꽃의 생태에 대해 들려주었다. 메꽃은 여러해살이풀로 땅속 깊이 뿌리를 내리고 뿌리줄기로 종족을 퍼뜨리는데, 아무리 농부들이 예초기로 베어내고 제초제를 뿌려 없애려 해도 강인한 생명을 면면히 이어가는 풀이라는 것… 내가 하는 얘기를 들으며 논두렁에 앉아 메꽃을 사진으로 담던 친구는 문득 자기가 일본 유학 시절에 들었다며 입을 열었다.

"원자폭탄으로 모든 것이 폐허로 변했던 히로시마를 일부러 찾아간 적이 있어. 그때 들은 얘기인데, 지금 여기도 돋아 있는 저 쇠뜨기 말이야. 이 풀이 원자폭탄으로 모든 것이 폐허가 됐던 히로시마에서 가장 먼저 새싹을 틔웠다고 하더라고."

"처음 듣는 얘기인데, 참으로 놀랍구먼."

그러니까 종횡무진 뻗어가며 땅속 깊이깊이 뿌리박은 쇠뜨기는 그 무서운 방사능의 열선을 피할 수 있었던 것. 녹지가 다시 살아나는 데 적어도 50년은 걸릴 거라고 했던 그 죽음의 땅 히로시마에 가장 먼저 새싹을 틔운 쇠뜨기를 보고 사람들은 얼마나 큰 용기와 삶의 희망을 얻었을까.

나는 친구의 얘기를 통해 메꽃이나 쇠뜨기 같은 뿌리 깊은 식물들이 지구 생명의 희망을 이어간다는 것을 다시 확인할 수 있어서 기뻤다. 친구가 들꽃 사진을 찍는 동안 나는 쪽삽으로 메꽃 뿌리를 캐서 비닐봉지에 담았다. 부드러운 메꽃 잎들과 꽃도 몇 송이 따서 넣었다. 산책을 마치고 집으로 돌아오면서 친구는 자기가 찍은 사진들을 보여주며 오늘 메꽃을 알게 된 것만으로도 큰 보람이라고 했다.

메꽃은 덩굴성 식물로, 오랜 옛날부터 동아시아에서 자생해왔다. 주로 들판과 밭에서 자라는 메꽃은 생명력이 강한 식물. 잘 모르는 이들은 꽃 모양이 비슷해서 나팔꽃의 일종인 것처럼 오해하는데, 나팔꽃은 재배식물이지만 메꽃은 저절로 자라는 야생의 들풀이다.

식물도감을 보면 나팔꽃도 메꽃과에 속하는 식물이다. 하지만 사람이 씨앗을 뿌려 키우는 나팔꽃은 메꽃보다 생명력이 약하다. 나팔꽃은 여름이 지나면 시들어 죽어버리지만, 메꽃의 경우 땅 위 부분이 시들어버려도 결코 죽는 일이 없다. 메꽃은 겨우 내내 땅속에 줄기를 묻고 있다가 이른 봄 땅속줄기에서 마디마디 뿌리를 내려 새순을 돋게 한다. 메꽃은 아무리 땅 위의 부분을 잡아 뽑거나 베어내도 씨를 말릴 수는 없다. 따라서 메꽃이 밭에 침입하면 성가신 잡초가 되기 때문에 농부들은 메꽃을 아주 싫어한다.

요즘은 농부들은 트랙터로 땅갈이를 하는데, 그러면 메꽃 뿌리는 산산조각이 나버린다. 하지만 메꽃은 도리어 이걸 좋아하는 듯싶다. 트랙터가 뿌리줄기를 잘디잘게 절단해버려도 메꽃은 절단된 모든 뿌리줄기로부터 다시 살아나기 때문이다. 그러니까 메꽃은 마치 공포영화에 나오는, 팔과 다리가 잘려도 다시 살아나는 불사신과도 같다고 할 수 있다.[*]

메꽃은 6~8월에 엷은 분홍색 꽃을 피우는데, 깔때기 모양을 하고 있으며 길이는 5~6센티미터, 폭은 약 5센티미터다. 나팔꽃은 아침에만 피는 꽃인데, 메꽃은 낮에도 핀다. 메꽃은 대개 햇빛이 나면 꽃잎을 활짝 열고, 해가 지면 오므리는 특성이 있다. 또 꽃이 오래도록 피어 있기 때문에 여름 내내 볼 수 있다. 메꽃은 보통 열매를 맺지 않으나 결실하는 경우도 있다. 특이한 것은 메꽃이 같은 그루의 꽃끼리는 수정하지 않고 다른 그루의 꽃끼리 수정해야만 열매를 맺는다는 것이다. 이런 꽃을 '고자화鼓子花'라고 한다.

그러나 메꽃은 씨로 번식하지 않고 주로 땅속줄기로 번식한다. 땅속줄기의 마디에서 발생한 줄기는 길이 50~100센티미터 정도의 덩굴로 땅 위에서 배밀이하고 다니지만 다른 풀들에 파묻히는 일은 없다. 옆에 키 큰 풀들

[*]   이나가키 히데히로, 최성현 옮김,《풀들의 전략》, 도솔, 2006.

이 있으면 덩굴 순을 뻗어 칭칭 감아 올라가며 자라기 때문이다.

생명력이 이토록 강한 식물이라 그럴까. 메꽃은 약성도 뛰어나다. 특히 메꽃 뿌리는 혈압을 낮추고 당뇨병의 혈당치를 낮추는 효과가 있다. 꽃 피기 전에 뿌리를 캐서 푹 쪄서 먹거나 날로 생즙을 내어 먹어도 된다. 여름철 무더위에 시달려 몸이 나른하고 기운이 없을 때 메꽃 뿌리로 생즙을 내어 먹으면 곧 활력을 되찾을 수 있다.

메꽃 뿌리와 잎에는 아프젤린, 트리폴린, 아스트라갈린, 사포닌, 루틴 등의 성분이 들어 있는데, 이런 성분은 이뇨작용을 돕고 변비에도 탁월한 효능을 발휘한다. 메꽃 뿌리는 남성의 발기불능 증상이나 양기 부족, 여성의 불감증 등에도 효험이 있다고 한다. 메꽃을 뿌리째 뽑아서 말린 후 잘게 썰어서 20~30그램에 물 1.8리터를 붓고 물이 반이 되게 달여서 하루에 여러 차례 나누어 마시면 된다. 메꽃 뿌리를 쪄서 말려두고 자양강장 식품으로 활용해보아도 좋을 듯싶다.

우리 조상들은 이처럼 메꽃을 약으로 사용했지만, 먹

을 것이 부족하던 시절엔 구황식물로도 썼다고 한다. 구황식물이란 흉년 따위로 기근이 심할 때 주식 대신 먹을 수 있는 식물을 가리킨다. 《조선의 구황식물과 식용법》이라는 고서에서는 메꽃의 구황적 식용법을 아주 상세히 설명하고 있다.

이른 봄에 땅속으로 뻗어 있는 하얀 땅속줄기를 캐다가 소금을 쳐서 볶거나 찌거나 삶아서 먹는다. 땅 위의 줄기나 잎도 삶아 나물로 먹는다. 땅속줄기는 날것으로도 먹을 만하며 단맛이 난다. 뿌리를 가루로 내어 약간의 설탕을 곁들여서 콩가루같이 만들어 먹을 수도 있다. 또 다른 식용법으로는 땅속줄기의 껍질을 벗기고 잘게 토막 쳐서 잘 삶아 물에 우린 다음 쌀이나 보리 따위와 함께 섞어서 죽이나 밥을 지어 양식으로 대용할 수도 있다.

우리 집에서는 이런 식용법의 도움을 받아 주로 메꽃 뿌리를 캐다가 씻어 쌀을 넣고 밥을 지어 먹는다. 그리고 뿌리를 씻어 그늘에서 잘 말려두었다가 갈아서 경단을 만들기도 하고 쌀가루에 섞어 떡을 빚어 먹기도 한다.

225

마을 둘레길을 돌아 친구와 함께 집으로 돌아온 나는 우리 집 셰프인 아내에게 산책 중에 캔 메꽃 뿌리를 건네주었다. 내가 건네준 비닐봉지를 받아든 셰프는 곧장 부엌으로 들어가더니 메꽃 요리를 준비하기 시작했다.

수십 종의 야생초들이 즐비한 우리 집 마당과 텃밭에서 계속 풀꽃 사진을 찍던 친구는 메꽃으로 무슨 요리가 나올까 궁금해하는 눈치였다. 한 시간쯤 뒤 셰프가 불러 거실로 들어가자 식탁 위에 메꽃 요리가 차려져 있었다.

"간단하게 메꽃밥을 지었어요. 작가 선생님은 미식가라고 들었는데, 어떨지 모르겠네요!"

미식가라는 말에 친구는 겸연쩍은 표정을 지었다. 밥상엔 메꽃밥과 함께 돌나물로 담근 물김치와 달래를 썰어 넣고 만든 양념장이 놓여 있었다. 양념장을 넣어 썩썩 비빈 메꽃밥을 몇 숟가락 먹어본 친구가 말했다.

"메꽃이 들어가서 그런지 밥맛이 달큼하네요. 밥만 먹어도 맛있어요!"

셰프가 환한 미소를 지으며 대꾸했다.

"옛사람들은 구황식물로 먹었다지만, 우리는 메꽃밥을 별미로 가끔씩 먹어요."

친구는 셰프가 떠준 밥을 게 눈 감추듯 비우더니 한 그릇 더 청했다. 밥을 더 담아주는 셰프의 얼굴에 기쁜 표정이 역력했다. 메꽃밥 두 그릇을 비우고 난 친구가 포만감에 찬 표정으로 말했다.

"생전 처음 들풀로 만든 음식을 먹어보았는데, 기분이 아주 상쾌하네요."

셰프가 벙긋 웃으며 대꾸했다.

"오늘 좀 많이 드신 듯싶지만, 들풀 요리는 과식을 해도 소화가 아주 잘 된답니다."

그렇다. 언제 먹어도 들풀 요리는 우리의 몸과 마음을 편안하게 한다. 왜 그럴까. 우리의 뇌와 몸과 마음은 여전히 수렵채집 시대에 머물러 있어, 들에서 채집해온 들풀 요리가 우리를 편안하게 하는지도 모른다. 유발 하라리는 《사피엔스》라는 책에서 이렇게 말했다.

오늘날 우리의 마음이 수렵채집인 시대의 것이라면, 우리의 부엌은 고대 농부의 부엌과 다르지 않다.[*]

우리 집 부엌엔 절친한 서예가가 써준 '식야방食野房'이

[*]　유발 하라리, 조현욱 옮김, 《사피엔스》, 김영사, 2015.

라는 글귀가 붙어 있다. 풀어보자면 '들판을 통째로 가져다가 요리해 먹는 주방'이란 뜻. 오늘 우리는 메꽃의 어린잎과 꽃과 뿌리를 통째로 부엌으로 가져와 요리해 먹으며 희희낙락 즐겼는데, 그렇다면 우리 몸의 DNA는 여전히 야생의 들판을 누비는 걸 좋아하는 것이 아닐까.

녹지가 다시 살아나는 데

적어도 50년은 걸릴 거라고 했던

그 죽음의 땅 히로시마에

가장 먼저 새싹을 틔운 쇠뜨기를 보고

사람들은 얼마나 큰 용기와 삶의 희망을 얻었을까.

밋밋한 산자락에서 발견한
붉은 줄기의 식물

우슬

✝

　늦가을에는 부지깽이도 덤벙댄다고, 한가한 틈이 별로 없다. 콩 타작을 끝으로 추수를 마친 나는 배낭 하나 둘러메고 산으로 향했다. 해마다 하는 일이지만 이맘때면 서둘러 약초를 캐야 한다. 때를 놓쳐 한파가 몰아닥치면 땅이 얼어붙어 약초를 캘 수 없기 때문이다.

　마을 둘레길을 걸어 올라가다가 개울을 건너 산길로 접어들었다. 산불이 난 듯 붉게 타오르던 산자락의 단풍잎도 거의 떨어졌다. 참나무 군락을 지나는데 앙상한 나뭇가지들 사이로 파란 하늘이 눈부시다. 산뽕나무, 옻나무, 가래나무, 신갈나무 등 활엽수들을 지나 평평한 산길로 접어들자 나무들이 없는 밋밋한 산자락에 내가 캐려는 약초가 눈에 들어왔다. 잎은 다 떨어지고 붉은 줄기만 남은 우슬牛膝들.

　나는 배낭을 벗어놓고 괭이와 호미로 우슬 뿌리를 캐기 시작했다. 가을 가뭄이 심했지만 축축한 습지라 땅은 괭이를 거부하지 않았다. 잔뿌리가 잘려나가지 않도록 괭이로 겉흙을 긁어낸 후 호미로 속흙을 살살 걷어내며 우슬 뿌리를 뽑아 올렸다.

그렇게 한참 우슬 뿌리를 캐고 있는데, 누가 휘파람을 불며 산길을 내려왔다. 가까이 다가오는 모습을 보니 우리와 돌담을 마주하고 사는 마을의 이장. 어깨에는 바지랑대라도 하려는 듯 생나무 장대를 메고 있었다. 이장은 날 보더니 반색을 하며 다가왔다.

"성님, 무얼 캐구 계시유?"

나보다 몇 살 아래인 이장은 나를 성님이라 부른다. 마을 토박이인 이장은 내가 귀농인으로 마을에 정착하는 데 큰 도움을 준 고마운 사람. 내가 뽑은 우슬 뿌리 하나를 들고 보여주자 그가 다시 물었다.

"이게 무슨 뿌리여유?"

"허허 참, 시골에 살면서 이것두 모른단 말인가? 아우네 돌담 밑에두 있는 것 같던데…"

"그래유? 이게 약촌가유?"

"무릎 병에 아주 잘 듣는 약초지. 우슬이라 부르는데 순우리말로 쇠무릎이라고도 해."

무릎 병에 좋은 약초라고 하자 이장은 솔깃한지 내가 캔 뿌리를 자세히 들여다보았다.

"저희 아내도 무릎이 아파 병원에 다니는데…"

"아, 그래? 꾸득꾸득 마르면 좀 나눠줄게."

"그런데 이걸 어떻게 약으로 써유?"

우슬을 약으로 사용하는 방법을 한참 설명해주자 이장은 고맙다며 먼저 산길을 내려갔다. 사실 우슬은 우리 집 뒤란에도, 마을의 논두렁가에도 많이 자생한다. 하지만 야생에서 자란 우슬의 약성이 더 좋다. 전문 약초꾼들이 왜 길도 없는 산속을 헤매며 사람의 자취가 드문 산에서 약초를 캐겠는가. 산삼이나 지치, 산더덕 같은 귀한 약초도 그렇지만 흔한 약초도 사람의 소리, 사람의 냄새, 사람의 기운, 사람이 만든 문명과 절연된 야생에서 자란 것일수록 약효가 더 좋기 때문이다.

식물들은 인가 가까이 있으면 스트레스를 많이 받는다. 아니, 식물이 스트레스를 받는다고? 그렇다. 흔히 사람들은 식물을 무생물처럼 취급하기 때문에 식물이 스트레스를 받는다는 걸 알지 못한다. 식물은 사람보다 스트레스에 더 민감하다. 특히 인위적인 소리를 아주 싫어한다. 기계 소리, 짐승들 우는 소리, 사람들이 모여 시끄럽게 떠드는 소리는 식물의 성장에 해롭다.

채소를 키우는 비닐하우스나 과수농장에 음악을 들려주면 수확량이 좋아진다는 말이 있긴 하다. 그래서 식물을 빨리 자라게 하려고 예전에는 논밭에서 꽹과리를 치고 징을 울리기도 했고, 요즘에는 클래식 음악을 들려주는 농부들도 있다. 그러나 식물이 그런 인공적이고 시끄러운 소리를 좋아할 리가 있겠는가. 음악을 들려주면 식물이 빨리 자라는 것은 틀림없다. 그 이유는 음악으로 인한 스트레스에서 빨리 벗어나기 위하여 식물 세포가 빨리 분열하기 때문이다. 그렇게 세포가 서둘러 분열해 죽기 전에 식물이 많은 자손을 남기는 것이다.

그렇다면 농부들이 밭에 뿌리는 비료와 농약은 어떨까. 식물들은 당연히 비료와 농약을 좋아하지 않는다. 억지로 빨리 자라게 하니 그것 또한 식물들에겐 엄청난 스트레스가 된다. 식물들이 받는 스트레스와 공포는 그대로 식물의 몸에 축적되어 무서운 독이 된다. 이처럼 독이 쌓인 식물은 사람 몸에 이로운 먹거리가 될 수 없고, 약초로서의 가치도 떨어진다. 우리 가족은 십여 년 넘게 야생의 풀들을 뜯어 먹으면서 사람 손길에 길들지 않은 식물이 좋은 약이 된다는 걸 겨우 터득했다.

오늘 산에서 뜯어온 우슬은 잘 씻어 말려두었다가 약으로 쓰려고 한다. 우슬을 우리말로 풀면 쇠무릎인데, 이런 이름이 붙은 것은 줄기의 마디에 있는 형상이 소의 무릎과 아주 흡사하게 생겼기 때문이다.

　　우슬은 비름과에 속하는 여러해살이 식물. 이 식물은 다소 습기가 있는 곳에서 잘 자란다. 동아시아 일대에서 자생하고, 한국에서는 중부 이남의 산과 들에서 흔하게 볼 수 있는데, 마을의 논밭가나 야산 자락에서 많이 자란다. 우슬의 키 높이는 대략 50~100센티미터다. 줄기는 사각 기둥 모양으로 단단하고, 마디는 소의 무릎과 같이 타원형으로 둥글게 뭉쳐 있다. 잎은 마주나고 타원형 또는 계란을 거꾸로 세운 듯한 모양이며 가장자리가 밋밋하다. 양끝이 좁고 털이 약간 있으며 잎자루가 있다.

　　8~9월경에 줄기 끝이나 잎겨드랑이에서 긴 수상꽃차례가 나오는데, 거기에 녹색의 작은 꽃들이 달린다. 꽃덮이 조각과 수술은 다섯 개씩 나며, 수술대는 아랫부분이 합쳐져 있고, 각 수술대 사이에는 돌기가 도드라져 있다. 열매는 긴 타원형인데 도깨비바늘처럼 바짓가랑이 같은 데 잘 달라붙으며, 열매 속엔 씨가 한 개씩 들어 있다. 우슬 뿌리 부위는 지름이 1센티미터 미만이나 길이는 40~100센티미터

에 이르고, 겉은 황회색 또는 회갈색을 띤다. 이 뿌리를 약으로 쓰려면 긴 잔뿌리가 잘려나가지 않도록 공들여 채취해야 한다.

우슬은 잘 모르는 사람에게 잡초일 뿐이지만 한약재로도 쓰인다. 주로 뿌리를 말려서 쓴다. 앞서 우슬이란 명칭은 줄기의 형상이 소의 무릎을 닮아서 그렇게 불렸다고 했는데, 소의 무릎 형상을 지닌 이 식물이 특히 사람 무릎 질환에도 효능이 있다니 정말 놀랍지 않은가. 식물의 형태를 잘 살피면 그 식물이 어떤 쓰임새를 지녔는지 알 수 있는 것. 조물주의 배려가 참 알뜰살뜰하다.

실제로 우슬 뿌리는 사포닌과 칼슘 같은 성분을 많이 함유하고 있어 관절염이나 류머티스성관절염, 타박으로 인한 염증을 치료하는 데 그 효과가 인정되고 있다. 또 허리와 다리가 무겁고 통증을 느낄 때, 근육경련이 있을 때도 효과가 있다고 한다.

신장이 좋지 않아 소변을 잘 보지 못하고 통증으로 시달리거나 피가 섞인 소변을 볼 때에도 우슬 뿌리를 쓰면 좋다. 고혈압으로 두통, 어지러움 등의 증상이 있을 때도 우슬 뿌리를 이용하면 혈압을 하강시키면서 뇌혈관의 경련을

이완시켜주기도 한다.

그러면 우슬 뿌리를 음식으로도 활용할 수 있을까. 겨울이 되어 날씨가 춥고 무릎이 시리면 우리 집에서는 찹쌀에 닭다리와 우슬 뿌리를 넣고 닭죽을 끓여 먹는다. 또 소의 무릎 연골을 사다가 우슬 뿌리를 넣고 우슬도가니탕을 끓여 먹기도 한다. 칼슘이 많아 어린이와 임산부, 노인들에게도 권장할 만한 음식이다.

우슬 뿌리를 넣어 만드는 요리로 우슬새삼식혜도 있다. 이 요리는 전라북도 지역에서 많이 해 먹는 것으로 알려져 있다. 우슬은 관절을 튼튼하게 하고 새삼이라는 식물은 뼈를 튼튼하게 한다. 우슬만 가지고 식혜를 담가도 되지만 뼈에 좋은 새삼을 더하면 약효가 상승된다. 잘 말린 우슬과 새삼에 물을 붓고 불린 후 엿기름을 넣고 끓인 다음 일반 식혜를 만들 때의 방식을 따르면 된다.

또 우슬이 어릴 때 연한 잎을 뜯어서 무침 요리를 할 수도 있다. 일명 우슬무침. 본래 맛이 좀 쓰고 시지만 어린잎에 된장을 넣어 요리하면 먹는 데 부담이 없다. 우슬은 오메가-3 지방산이 많기 때문에 이 요리는 혈관이나 심장을 튼튼하게 하는 데 큰 도움을 준다. 이렇게 우슬은 약성이 뛰어나지만, 요리법이 널리 알려지지 않아 아쉽기만 하다. 야생초 요리를 사랑하는 이들이 우리 주위에 흔한 우슬로 새로운 요리법을 개발해 널리 공유할 수 있으면 좋겠다.

산에서 우슬을 채취해온 뒤 며칠이 지난 어느 날. 오전의 볕이 좋아 돌담 옆에서 우슬 뿌리를 멍석에 펴 널고 있었다. 그런데 갑자기 돌담 바깥에서 인기척이 났다. 허리를 펴고 일어나 보니, 뒷집의 이장 부인이 까치발을 한 채 돌담 너머로 환한 미소를 짓고 있었다.

"지금 펴 널고 계신 게 우슬인가유?"

"요전에 산에서 캐온 우슬 뿌리예요. 필요하시면 좀 드릴게요."

"힘들게 캐셨을 텐데유…"

"좀 넉넉히 캤어요. 필요한 분들이 있으면 나누려고요."

나누려고 넉넉히 캤다는 말에 이장 부인의 얼굴이 달덩이처럼 환해졌다. 나는 곧 멍석에 있던 우슬 뿌리를 종이박스에 담아 이장 부인에게 건네줬다.

"지금 당장 약으로 쓰실 수도 있지만, 급하시지 않으면 조금 더 말려서 쓰세요."

"네, 약초 선생님 말씀대로 할게유."

"선생요? 아직 약초학교 초등생인걸요."

초등생이란 내 말이 우스웠던지 이장 부인이 한참 깔깔대고 웃었다.

약초를 건네주고 나니 마음이 흐뭇했다. 지구별에서 질병으로 고통받는 이들에게 하늘이 선물로 준 약초. 구하기 어렵지 않은 흔한 약초인데 몸이 아픈 이들과 공유하는 건 당연하지 않은가.

희망의 푸른 천으로 짜여진
습지의 식물

갈대 · 고마리 · 모시물통이

갈대

✝

그 어떤 강풍에도 유연하게 대처하는 갈대

아침 일찍 보물을 캐러 마을에서 가까운 매지리 골짜기로 향했다. 차 트렁크에는 삽과 호미, 괭이와 묵직한 쇠스랑까지 실었다. 보물을 캐는 것은 나 혼자 하기엔 벅찬 작업이라 아내는 물론 딸까지 불러 동행했다. 조각가인 딸은 차를 타고 가며 보물이 무엇인지 무척 궁금한 모양이었다.

"아버지, 무슨 대단한 보물인데, 저까지 불렀죠?"

"응, 가보면 알아. 네가 그래도 웬만한 남자보다는 힘을 좀 쓰잖아."

목적지에 도착한 우리는 연장을 꺼내 들고 골짜기에 흐르는 개울로 내려갔다. 개울가엔 갈대들이 깃발처럼 자줏빛 꽃대를 흔들고 있었다. 내가 먼저 삽을 들고 갈대 군락으로 내려서자 딸이 다시 물었다.

"아니, 보물이 갈대 속에 묻혀 있어요?"

더 이상 감출 필요도 없을 것 같았다.

"그래, 갈대 뿌리가 오늘 우리가 캐려는 보물이야."

딸은 갈대 뿌리도 먹느냐고 물었다.

"물론이지. 갈대 뿌리는 방사능을 해독해주는 신비한 약초거든."

"와, 그래요? 이건 천기누설인데! 사람들이 알게 하면 안 되겠어요."

딸의 말인즉슨 사람들이 알면 갈대 뿌리가 남아나겠느냐는 것이었다. 그러나 너무 염려할 건 없다. 갈대 뿌리를 캐는 것이 그렇게 쉬운 일이 아니기 때문이다.

"그래? 그럼 니가 한번 캐봐라!"

내 말을 듣고 난 딸이 삽을 들고 나섰다. 흔들리는 갈대 앞에 서서 삽에 발을 올리고 끙, 힘을 주었으나 땅은 열릴 기미가 없다. 몇 번을 시도해도 삽이 잘 들어가지 않자 딸은 혀를 내둘렀다. 그동안도 나는 몇 번 갈대 뿌리를 캐보았지만, 갈대는 돌들이 많은 곳에 뿌리를 뻗기 때문에 캐는 것이 결코 쉽지 않다. 얼마 파지도 않아 구슬땀을 흘리는 딸을 좀 쉬게 하고 내가 나섰다. 쇠스랑을 이용해 자갈과 모래 속에 묻힌 뿌리를 캤다. 한 뿌리를 캐는 데도 적잖은 시간이 걸렸다. 온몸은 금세 땀범벅이 되었다. 아내와 딸까지 힘을 합쳐 세 시간쯤 낑낑거리며 캤을까. 마대 포대

두 개에 갈대 뿌리를 가득 채워 집으로 돌아올 수 있었다.

　　갈대는 여러해살이풀로 아주 생명력이 강한 식물이다. 갈대는 늪, 냇가, 습지, 강기슭, 바닷가 기슭에서 떼를 지어 무성하게 자란다. 키는 2~4미터쯤 자라고 대나무처럼 마디가 있으며 줄기의 속은 비어 있다.

　　《파브르 식물 이야기》에는 아주 인상적인 장면이 나온다. 돌풍에 쓰러질 듯 보이는 떡갈나무를 보고 갈대가 이렇게 말한다.

　　"나는 너처럼 바람을 두려워하지 않아. 아무리 거세게 바람이 불어도 나는 바람에 몸을 맡기면 되거든."

　　그렇다. 떡갈나무처럼 키가 큰 나무는 강풍이 불면 견디지 못하고 부러져버린다. 하지만 가늘고 약해 보이는 갈대는 오히려 바람이 부는 대로 휘면서도 부러지지는 않는다. 속이 비어 있기 때문이다. 강풍이 불어와도 걱정할 필요가 없을 정도로 갈대 줄기는 부드럽고 유연하다. 고난과 시련의 강풍에 시달리는 이들은 갈대를 스승으로 삼으면 어떨까. 갈대처럼 자기를 비워 유연해지면 어떤 강풍도 해하지 못할 것이니!

　　　　　　　　　　갈대·고마리·모시물통이

그런데 갈대를 먹을 수 있을까. 그렇다. 어린 순은 나물로 먹을 수 있다. 날것으로 고추장이나 된장에 찍어 먹기도 하는데 맛이 개운하고 담백하여 옛날 선비들한테 인기가 있었다고 한다. 갈대 뿌리는 맛이 달다. 잘 씻어서 말린 뿌리는 불에 덖어서 차를 끓이면 숭늉처럼 구수한 맛이 난다. 갈대 순이나 갈대 뿌리로 만든 음식을 먹으면 몸과 마음이 맑아진다. 시인이나 예술가, 수행자 들한테 좋은 식물이라고 할 수 있다.

갈대 뿌리는 앞서 말한 것처럼 보물이라고 할 수 있는데, 갈대 뿌리는 갖가지 화학물질이나 중금속으로 인한 온갖 중독에 탁월한 효능을 발휘하는 해독제이기 때문이다. 돼지고기나 닭고기 등 고기를 먹고 체하거나 식중독에 걸렸을 때도 갈대 뿌리를 달여서 마시면 바로 독이 풀린다. 옛날 거지가 많던 시절, 거지들은 상한 음식을 먹고 식중독에 걸리면 냇가로 가서 갈대 뿌리를 캐서 달여 먹고 건강을 지켰다고 한다.

갈대 뿌리는 방사능 해독에도 도움이 되는 약초라고 했는데, 방사능에 중독되었을 때 갈대 뿌리를 달여 마시면 백혈구의 수가 늘어나고 면역력이 강화되며 골수의 조혈 기능이 높아져서 차츰 몸의 기능이 정상으로 회복된다고 한다.

암 환자가 방사선 치료를 받고 나서 갈대 뿌리를 차로 달여 마시면 방사선 치료로 인한 후유증이나 부작용이 훨씬 줄어든다고 하니, 원전 사고 등으로 방사능의 위협이 코앞에 닥친 상황에서 우리의 건강을 지키기 위한 식물로 꼭 기억해두면 좋겠다.

갈대는 물가에 서식하면서 지구의 오염된 물을 정화하는 소중한 식물이다. 더욱이 이 식물은 지구 생명의 일부인 사람의 몸과 마음을 치유해주는 영약이기도 하니 우리가 아껴야 할 소중한 자원이 아닐 수 없는 것이다.

태양의 부축을 받아 서서히 일어나는 고마리

습지의 식물들은 대부분이 약초다. 숲이 우리 몸의 폐와 같다면 습지는 우리 몸의 간과 같다. 우리는 자연 생태계보다 나이가 훨씬 적으므로 우리의 폐와 간이 각각 숲과 습지와 같다고 말하는 것이다. 간이 혈액 속의 독성물질을 말끔하게 정화시킨다면, 습지는 지구의 물에서 독성물질을 정화하고 제거한다. 갈대와 부들, 버드나무 같은 습지성 식물은 중금속이나 용해된 독성물질 같은 다양한 유독성 물질을 처리하는 필터 역할을 한다니, 습지의 식물들은 병

고마리

든 지구를 치유하는 약초인 셈이다.[*]

내가 사는 마을 한복판으로는 산에서 흘러 내려오는 작은 개울이 지나간다. 폭우라도 쏟아지면 흙탕물이 개울에 자라는 풀들을 휩쓸고 내려가지만, 비가 그쳐 물이 줄면 습지 식물들은 누였던 몸을 일으킨다. 생명의 광원光源인 태양의 부축을 받으며 서서히 일어나는 것. 대표적인 식물이 고마리다. 우리 마을의 개울은 온통 고마리로 뒤덮였다.

고마리라는 이름은 '고마운'이란 말에서 비롯되었다고 한다. 물가에 살며 물을 깨끗하게 정화해주니 얼마나 고마운 존재인가. 고마리는 수분이 촉촉한 곳이면 어디든 자생하는데, 주로 군락을 이루며 자란다. 잎이나 꽃은 메밀과 비슷하고, 8~9월이면 담홍색 꽃이 핀다. 멀리서 보면 흰색처럼 보이지만, 가까이서 보면 흰빛 속에 담홍색이 섞여 매우 예쁘다.

고마리는 소나 염소 같은 가축이 아주 좋아하는 풀이다. 짐승이 좋아하는 풀이니 사람도 식용할 수 있다. 하지만 지금은 방목하는 초식동물도 없고, 사람들도 먹을 수 있는

---

[*]   스티븐 해로드 뷰너, 박윤정 옮김,《식물의 잃어버린 언어》, 나무심는사람, 2005.

풀인 줄 모르니 아무도 뜯어가지 않는다. 고마리는 좀 쓰고 맵지만 요리를 잘해놓으면 밥상에도 올릴 수 있다. 우리 집에서는 어린 고마리 잎을 뜯어 비빔밥에도 넣어 먹고, 된장국이나 김치찌개를 끓일 때도 넣는다.

고마리는 당연히 약성도 뛰어나다. 앞에서 습지는 우리 몸의 간과 같다고 했는데, 습지에 자라는 고마리는 간의 해독에도 좋고, 숙취 해소에도 도움이 되며, 류머티즘에도 효능이 있을 뿐 아니라 지혈제로도 쓰이고, 식중독을 해독하는 데도 효험이 있다고 한다.[*]

어느 날 우리 집 셰프는 고마리를 뜯어다 살짝 데쳐서 된장에 무쳤다. 고마리무침을 젓가락으로 집어 씹는데, 잎이 쫄깃쫄깃했다. 저녁을 같이 먹던 셰프가 말했다.

"잎이 유난히 쫄깃거리는데, 그렇다면 고마리가 피부에도 좋은 게 아닐까요?"

그동안 우리는 식물이 생김새와 맛과 향기 등 자기가 지닌 성질을 통해 그 쓰임새를 알려준다는 것을 경험했다. 나는 곧 자료를 찾아보았다. 아니나 다를까. 고마리는 피부 주름 억제에 효과가 있다고 소개되어 있었다. 고마리에서

[*]   권혁세, 앞의 책.

추출한 성분인 엘라스타아제가 피부의 노화를 막아줄 뿐 아니라 피부 탄력을 유지해준다는 것. 이 자료를 함께 보고 난 후 셰프가 말했다.

"앞으로 고마리가 화장품 재료로 각광받게 될지도 모르겠네요."

그 후부터 셰프는 개울가에 지천으로 널린 고마리를 뜯어다가 자주 요리를 해 밥상에 올렸다. 나 역시 고마리로 만든 요리를 먹고 난 날이면 거울에 비친 내 피부를 살피는 버릇이 생겼다.

몸과 마음을 모두 살리는 모시물통이

우리 몸을 살리는 또 다른 습지 식물로는 모시물통이가 있다. 모시물통이는 물기를 많이 머금고 있어 물통이란 이름이 붙었는데 주로 그늘진 습지에 자생한다. 줄기는 곧게 서며 키 높이는 30~50센티미터다. 쐐기풀과의 모시물통이는 대극과의 깨풀과 비슷하나 잎에서 반지르르한 윤기가 나는 것이 다르다.

줄기에는 털이 없어 매끈하며 줄기 속에 물이 가득 들어 있는 듯 반투명으로 보인다. 나는 처음 다른 식물과 다른 반투명의 줄기를 보고 모시물통이는 우리 혈액을 깨끗

모시물통이

하게 하지 않을까 생각했다. 그래서 여러 자료를 찾아보았더니, 역시 모시물통이는 혈관질환을 예방하는 식물이라고 되어 있었다. 또 비뇨기 계통의 질환에도 효능이 있고, 당뇨병에도 뛰어난 효능을 지니고 있다고 한다.

모시물통이의 이런 효능을 알고 난 뒤 우리 가족은 모시물통이를 뜯어다가 여러 종류의 요리를 해 먹는다. 맛은 달고 서늘한 성질을 지니고 있으며, 대부분의 식물들이 단오가 지나면 독성이 있지만, 모시물통이는 전혀 독성이 없다. 우리는 모시물통이 잎을 뜯어 된장에 무쳐 먹기도 하고, 모시물통이 잎과 줄기를 넣어 감자크로켓도 만들어 먹고, 쌀국수볶음도 만들어 먹었다. 잎과 줄기를 꺾어 냄새를 맡아보면 취나물 못지않은 독특한 향이 나는데, 요리를 해놓아도 알싸하고 상큼한 향기가 그대로 배어 있었다.

주변의 풀을 뜯어 요리를 해 먹을 때마다 휘트먼의 시구가 떠오른다. 어느 날 한 아이가 "풀은 무엇인가요?" 하고 물었다. 시인은 그것이 무엇인지 몰라 대답할 수 없었다고 고백한다. 그러면서도 "나는 그것이 필연 희망의 푸른 천으로 짜여진 나의 천성일 것"*이라고 노래했다.

나는 휘트먼의 이 아름다운 시구를 다 이해할 수는 없

지만, 풀들이 나와 너, 지구별을 살리는 '희망의 푸른 천'이라는 것만은 분명히 알겠다. 기후 위기의 상황을 맞아 설상가상으로 식량 위기마저 도래할 거란 예감에 사로잡혀 살아가는 이즈음, 우리 가족이 아무도 눈여겨보지 않는 잡초에 깊은 관심을 두는 까닭은 이런 불길한 예감 때문이다. 하지만 나는 믿는다. 물가에 자라는 저 흔하디흔한 식물들은 우리를 살리려는 만물의 어머니 지구 여신 가이아의 자비가 모습을 드러낸 것이라고. 그리고 우리가 아껴야 할 소중한 행복의 자원이라고.

---

*   월트 휘트먼, 이창배 옮김, 〈풀잎〉, 《풀잎》, 혜원출판사, 2000.

강풍이 불어와도 걱정할 필요가 없을 정도로
갈대 줄기는 부드럽고 유연하다.
고난과 시련의 강풍에 시달리는 이들은
갈대를 스승으로 삼으면 어떨까.

진정한 행복은
시련 속에서 자란다

토끼풀

✝

　여름철에 접어들면서 우리 집 마당은 풀들의 낙원. 단오가 지나고 나자 풀들은 제 세상을 만난 듯 하루가 다르게 쑥쑥 자란다. 하지만 함부로 베어내지 못하고 있다. 너무 쇤 봄풀들만 대충 낫으로 베어주고 새로 난 여름풀들은 그냥 자라게 둔다. 제철에 나는 여름풀들은 뜯어 먹어야 하니까.

　물론 풀들의 쓸모가 먹거리에만 있는 건 아니다. 풀로 뒤덮인 마당은 우리에게 청량한 산소를 제공해줄 뿐 아니라 그 푸른빛으로 마음의 평화와 안식도 선물해준다. 또 꽃이 피면 즐거운 놀이재료가 되기도 한다. 아내는 꽃들이 피는 철마다 수돗가 돌확에 물을 가득 채우고 그 위에 각종 들꽃을 띄워놓고 꽃놀이를 즐긴다. 또 자기만의 독특한 착상으로 여러 종류의 꽃을 얼려 얼음꽃그릇을 만든 후 귀한 손님들의 식탁에 음식을 담아 올려 기쁨을 선사하기도 한다.

　얼마 전엔 서울에 사는 조카가 휴가를 맞아 쌍둥이 딸

255

토끼풀

들을 데리고 놀러왔다. 아파트의 메마르고 답답한 생활에 지친 조카는 들풀로 무성한 마당을 보더니 탄성을 질렀다. 우리 집 셰프가 차려낸 들풀 요리로 점심을 먹고 난 조카는 쌍둥이 딸들을 데리고 마당으로 다시 나가면서 물었다.

"외삼촌, 마당에 토끼풀이 많던데, 좀 뜯어도 될까요?"

"토끼풀로 뭘 하려고?"

"우리 애들에게 멋진 추억 만들어주고 싶어서요."

본래 강원도 오지 출신인 조카는 마당가에 지천으로 피어난 토끼풀 꽃을 뜯기 시작했다. 무얼 하나 지켜보았더니, 두어 줌 토끼풀 꽃을 뜯은 조카는 그걸로 꽃반지도 만들고 꽃팔찌도 만들었다. 퍽 오랜만에 만들어보는 것일 텐데도 솜씨가 제법 능숙했다. 꽃반지와 꽃팔찌가 완성되자 딸들의 약지손가락과 손목에 묶어주었다. 그러고 나서 딸들 귀에 대고 이렇게 속삭였다.

"이 꽃반지와 꽃팔찌는 엄마의 사랑이야!"

초등생인 자매는 처음엔 좀 낯설어 어리둥절한 표정이더니, 자기 엄마의 고백을 듣고 나서 꽃반지와 꽃팔찌를 찬 팔로 엄마를 끌어안으며 소리쳤다.

"엄마, 우리도 많이 사랑해!"

조카가 딸들과 함께 꽃놀이로 행복해하는 모습을 보니

내 마음도 흔흔해졌다. 조카는 나와 우리 집 셰프 팔목에도 토끼풀 꽃팔찌를 묶어주었다. 동심의 세계로 돌아간 듯한 기쁨을 맛본 우리는 토끼풀 밭에 나란히 앉아 손을 흔들며 꽃놀이 기념사진도 찍었다.

토끼풀 밭에서 한참을 놀던 조카와 딸들이 떠난 후 문득 이런 의문이 들었다. 꽃놀이는 왜 우리의 기분을 고양시키는 걸까. 식물과 깊은 영적 교감까지 나눈 것처럼 느껴지는 어떤 식물학자는 명쾌한 답변을 해준다.

인간은 식물과 함께 있을 때 가장 행복하고 편안한 기분을 느낀다. 그것은 영적인 충만감에 젖어 있는 식물들의 심미적 진동을 인간이 본능적으로 느끼기 때문이다.[*]

토끼풀은 사람만 아니라 벌들에게도 인기가 많다. 꿀을 많이 함유하고 있기 때문이다. 그리스 신화에도 토끼풀이 등장한다. 어느 날 벌들이 제우스에게 독이 있는 풀들이 너무 많아 좋은 꿀이 있는 꽃을 찾기 힘드니, 쉽게 꽃을 찾게 해달라고 간청했다. 제우스는 커다란 붓으로 흰 물감을

---

[*]   피터 톰킨스·크리스토퍼 버드, 앞의 책.

묻혀 어떤 꽃에 동그란 표시를 해주었는데, 그 꽃이 바로 토끼풀 꽃이었다고 한다. 그래서인지 토끼풀 꽃을 보면 하얀 동그라미처럼 보인다.

유럽 원산의 귀화식물인 토끼풀은 우리나라 어디서나 잘 자라는 여러해살이풀로, 그 꽃의 생태가 좀 특이하다. 토끼풀 꽃은 작은 꽃송이들이 모여 한 송이 꽃을 이룬다. 그 작은 꽃들은 아래서부터 위로 순서대로 피는데, 한 송이 꽃 속에는 앞으로 필 꽃과 피어 있는 꽃, 그리고 진 뒤에도 떨어지지 않는 꽃이 뒤섞여 있다. 이런 꽃 피우기의 습성은 토끼풀 나름의 생존 전략이다.

토끼풀이 이처럼 순서에 따라 꽃을 피워가는 것은 오랜 기간 벌들을 불러모으기 위함이다. 각 꽃송이의 수명은 짧지만 앞으로 필 꽃망울은 물론 시든 꽃송이까지 한군데 모여 있기 때문에 전체적으로는 마치 하나의 꽃이 계속해서 피어 있는 듯이 보인다. 토끼풀은 이런 술책을 써서 꿀벌들을 불러 모으는데, 그 생존의 지혜가 참으로 놀랍지 않은가.

토끼풀은 거름이 부족한 척박한 땅에서도 잘 자란다.

콩과 식물인 토끼풀은 식물 생장에 필요한 질소를 스스로 공급해서 토양을 비옥하게 만드는 역할을 한다. 토끼풀의 뿌리에 공생하는 뿌리혹박테리아는 질소를 고정해 식물의 생장과 건강을 돕는데, 토끼풀이 자신을 위해 사용하는 질소는 그 일부에 불과하다. 토끼풀이 자신을 위해 사용하고 남은 질소는 토양에 그대로 남아 있어 다른 식물이 이용할 수 있게 하는 것. 이처럼 다른 식물도 자랄 수 있는 옥토를 만들어주기 때문에 그 꽃말이 '행운'인지도 모른다.

행운 이야기가 나왔으니 말이지만 네잎클로버에 관한 이야기는 모르는 이가 없으리라. 본래 토끼풀은 세 잎이지만, 간혹 네 잎짜리도 있다. 초등학교 시절 네잎클로버를 찾으면 행운을 얻는다고 해서 아이들과 학교 뒷동산에 올라가 토끼풀 군락에서 그걸 찾기 위해 몇 시간을 헤맨 기억도 아련하다.

이와 관련된 오래된 전설도 있다. 성 패트릭이라는 아일랜드의 주교는 세잎클로버를 이용해 삼위일체를 설명했다. 즉 토끼풀의 세 잎을 믿음, 소망, 사랑의 삼위일체에 비유하고, 한 잎이 더 많은 토끼풀의 네 번째 잎을 행운이라고 했다고 하여, 네잎클로버를 찾으면 행운을 얻게 된다는 전설이 지금까지 전해져오게 된 것. 패트릭 주교가 죽은 후 그가 사망한 날인 3월 17일이 돌아오면 아일랜드인들은 토끼풀의 색인 초록색 옷을 입고 그 주교를 기린다고 한다.

그런데 네잎클로버가 생기는 이유는 무엇일까. 생장점이 상처를 입기 때문이라고 한다. 내 경험으로 보더라도 네잎클로버는 길가나 운동장과 같이 사람들의 발길이 잦은 곳에 많이 난다. 그러니까 행복의 심벌은 평온한 꽃밭 속에는 없다는 것이 아닌가. 오히려 진정한 행복은 길가나 운동장의 토끼풀처럼 짓밟히는 시련과 고통 속에서 자란다는 것이 아닐까.

우리 가족이 토끼풀에 깊은 관심을 갖게 된 것은 그 강한 생명력 때문이다. 몇 해 동안 마당에서 자라는 토끼풀을 관찰해보았는데, 달팽이나 메뚜기 같은 해충도 토끼풀을 갉아 먹지 않았다. 번식력도 대단해 제초제를 뿌리면 (난 제초제를 뿌리지 않는다) 죽은 듯하다가도 약간의 비가 내리면 곧 되살아나곤 했다.

흔한 들풀의 약성에 주목하던 아내와 나는 토끼풀에 관한 오래된 자료를 뒤적여보았는데, 토끼풀은 무엇보다 염증 치료에 탁월한 효능이 있음을 알게 되었다. 또 몇 해 전에는 딸이 체증으로 자주 고생했는데, 병원 치료를 받아도 잘 낫지 않았다. 아내는 들풀로 딸의 속병을 치료해보겠다며 어린 토끼풀을 뜯어 샐러드를 요리해 딸에게 먹였다. 물론 처음엔 토끼나 먹는 풀을 내가 왜 먹느냐고 께름칙하게 여겼지만, 아내의 설득에 넘어가 토끼풀샐러드를 먹더니 딸은 속이 아주 편안해졌다며 신기해했다. 그 후 몇 번을 더 먹고는 묵은 체증이 씻은 듯이 나아버렸다.

토끼풀의 잎에는 글루코시드, 포르모네틴, 케르세틴 등이 함유되어 있어 지혈과 각종 염증에 효능이 있으며, 특히 손톱 밑이 곪는 생인손 앓이에 탁월한 효험을 지니고 있다. 토끼풀 꽃에는 트로폴린, 탄닌, 정유 등이 있어 폐결핵이나 천식, 황달을 치료하고, 이뇨작용에도 좋을 뿐만 아니라 몸에 열이 날 때 해열제로도 쓸 수 있다고 한다. 치과가 흔치 않은 옛날엔 치통으로 고생하는 일이 흔했는데, 잎을 잘근잘근 씹어서 아픈 치아에 문 채로 통증을 다스렸다는 기록도 남아 있다.

토끼풀의 이런 효능을 알고 난 후 우리 집에서는 토끼풀로 여러 가지 요리를 해 먹는다. 먼저 잎으로 하는 요리. 어린 토끼풀 잎을 뜯어서 삶아 된장이나 고추장, 간장으로 무쳐서 요리하면 되고, 위에서 언급한 것처럼 샐러드나 겉절이 요리를 해도 된다. 요리하기 전에 주의할 점은 샐러드나 겉절이는 데치지 않고 날것으로 하기 때문에 식초 물에 5분 정도 담가서 살균하는 것이 좋다.

꽃으로도 요리할 수 있다. 채취한 토끼풀 꽃을 깨끗이 씻어 튀김가루를 묻혀 기름에 튀겨내면 된다. 토끼풀꽃튀김은 그 향이 일품이며 사찰에서 많이 해먹는 요리인 아카시아꽃튀김 못지않게 맛도 좋다. 한번 맛 들이면 그 유혹을 뿌리칠 수 없을 정도로 자꾸만 손이 간다.

하지만 난 아무리 맛난 음식이라도 과식은 삼가려 애쓴다. 과식을 하면 온종일 정신이 몽롱해지기 때문이다. 평소에도 나는 소식을 실천하며 살고 있지만 "건강을 위해서만 하는 소식은 반쪽이고, 우리의 생각의 반을 더는 것까지 연결되어야만 진정한 소식이다"[*]라는 스님의 문장을 읽고서는 무릎을 쳤다. 실제로 소식을 해보면 머리가 맑아져서 쓸데없는 생각에 덜 끄달리게 되더라.

음식을 채우는 그릇을 비우면 우리 몸 그릇에는 건강한 정신이 깃드는 법. 가볍게 먹으면 몸과 마음도 가벼워지고, 지나친 식탐을 자제할 수 있으면 다른 욕망에 대한 자

[*]   대안,《식탁 위의 명상》, 오래된미래, 2008.

제력도 배가된다.

　그리고 들풀 요리와 관련해 마지막으로 꼭 덧붙이고 싶은 말이 있다. 향미를 높이기 위하여 사용되는 아미노산계 조미료인 인공 조미료를 쓰지 말고 꼭 필요한 양념만으로 요리하라는 것이다. 들풀 요리를 오래도록 먹어온 경험으로 말하면, 기본적인 전통 양념인 된장, 간장, 고추장만으로도 맛있고 건강한 요리를 할 수 있다. 오늘날 요리문화의 지나친 발달은 우리의 건강마저 위협하는 탐식으로 몰아가고 있다. 미각을 자극하는 음식에 현혹되는 건 우리가 혀의 지배 아래 산다는 말이 아니겠는가.

　토끼풀뿐 아니라 숱한 들풀을 사귄 경험을 바탕으로 쓴 졸시 〈잡초비빔밥〉을 소개하며 이 글을 마무리하련다.

　흔한 것이 귀하다.
　그대들이 잡초라 깔보는 풀들을 뜯어
　오늘도 풋풋한 자연의 성찬을 즐겼느니.
　흔치 않은 걸 귀하게 여기는 그대들은
　미각을 만족시키기 위해
　숱한 맛집을 순례하듯 찾아다니지만,
　나는 논밭두렁이나 길가에 핀

263

흔하디흔한 풀들을 뜯어

거룩한 한 끼 식사를 해결했느니.

신이 값없는 선물로 준

풀들을 뜯어 밥에 비벼 꼭꼭 씹어 먹었느니.

흔치 않은 걸 귀하게 여기는 그대들이

개망초 민들레 질경이 돌미나리 쇠비름

토끼풀 돌콩 왕고들빼기 우슬초 비름나물 등

그 흔한 맛의 깊이를 어찌 알겠는가.

너무 흔해서 사람들 발에 마구 짓밟힌

초록의 혼들, 하지만 짓밟혀도 다시 일어나

바람결에 하늘하늘 흔들리나니,

그렇게 흔들리는 풋풋한 것들을 내 몸에 모시며

나 또한 싱싱한 초록으로 지구 위에 나부끼나니.

흰 종이 위에 초록을 피워내며

아버지 고진하의 시집 《야생의 위로》에는 〈표절충동〉
이라는 시가 있다.

꽃의 꿀을 따 먹으면서도
꽃에 이로움을 주는
나비나 꿀벌의 삶은 베끼고 싶거니

이런 생물들의 꽃자리가 되어주는
대지의 사랑은 베끼고 싶거니

영감을 갈구하고 창조를 삶의 전부처럼 머리에 이고
살아가는 예술가, 그의 고민과 모방을 넘어선 창조의 방향
성을 제시해주는 시다. 세계를 여행하면 더 좋은 작업을 할
까? 좋은 작가의 그림, 좋은 책을 읽으면 더 멋진 영감을 얻
을 수 있을까? 나 역시 무엇을 그릴까 매일 고민하고 인터

넷에서 무수히 쏟아지는 이미지와 글을 보며 하루에 많은 시간을 할애한다.

야생초 삽화 작업을 맡게 되면서 컴퓨터와 스마트폰 앞이 아닌, 무릎까지 오는 목이 긴 장화를 신고 카메라를 손에 들고 가까운 들로 나가보았다. 내 눈앞에는 컴퓨터 화면이 아닌 광활한 초록이 펼쳐졌다. 《잡초 치유 밥상》 같은 몇 권의 책 작업을 아버지와 함께했던지라 야생초를 얼추 구분할 줄 아는 내 눈에는, 마치 내가 찾던 모든 자료를 손에 얻을 수 있는 시각적 도서관에 온 것 같았다. 내 고민을 해결해주는 것은 인터넷에서 찾은 수백 장의 자료가 아니라 한 줄기의 야생초였다. 내가 그려야 할 식물을 찾으면 뛸 듯이 기뻤고, 더 예쁜 수형을 가진 녀석을 찾고 또 찾았다. 사람들의 흔적이 느껴지는 곳에서 사는 식물들은 길가에서, 습한 곳에서 사는 식물들은 수로나 물가 근처에서, 일반 작물 주변에 크는 것들은 주로 농부들이 일하는 밭 근처에 가서 찾았다. 많은 시간과 비용이 들었지만 단순한 자료수집과 영감을 찾기 위한 시간이 아니었다. 무질서해 보이는 자연 속에서 나름 질서를 지키며 공존해 살아가는 야생초를 직접 만나 교감하는 시간이었다. 무엇을 그릴까, 어떻게 그릴까, 고민할 필요가 없었다. 야생초를 꼼꼼히 살펴보고 만져보며 메말랐던 영감을 가득 채웠다.

다소 막연하지만 나는 늘 세상의 아름다운 것들을 그리고 싶다는 생각을 한다. 다양한 오브제를 그려도 봤지만, 식물만큼 자연스럽고 그리기 쉬우며 아름다운 것이 없다. 조금 삐뚤어도, 색을 잘 못 써도, 그려진 모양 그대로 아름답다. 자연 속의 야생초도 그렇다. 키 재기 하듯 빽빽이 올라와 하얗게 부풀어 오른 민들레 꽃무리, 적색 보도블록 사이 납작하게 바닥에 붙어 뻗어가는 작고 귀여운 잎을 가진 비단풀, 봄이 왔음을 알려주려 노란 꽃을 피워내는 꽃다지까지 그 어느 하나 아름답지 않은 것이 없다. 잎을 벌레가 좀 뜯어 먹었어도, 사람 발에 밟혀 줄기가 끊어져 있어도, 바람이 불어 꽃잎이 떨어졌어도 그림을 그리는 데는 아무 문제가 없다. 그대로 자연스럽고 개성 있는 형태가 된다.

야생초는 그릴수록 질서와 균형이 완벽히 잡힌 개체였다. 데칼코마니같이 완벽한 대칭을 이루는 식물도 있고 잎과 꽃은 닮았으나 주변 공간을 잘 이용해 유연하게 균형을 잘 잡고 자란 식물도 있다. 한편 식물은 정확한 목표도 갖

267

고 있다. 자기 씨앗의 무게보다 무거운 흙을 뚫고 발아하여 잎을 내고 꽃을 피우고 열매를 맺어야 한다는 목표. 씨앗은 각자의 방식대로 다시 땅에 떨어져 움트기까지 적절한 때를 기다린다. 당연한 이야기겠지만, 종종 하던 일을 포기하는 내게는 충격적이기까지 한 깨달음이었다. 내게는 열매를 보지 않고 덮어버린 일이 얼마나 많았던가. 약 두 달간 꼬박 매달린 삽화 작업은 단순히 흰 종이 위에 초록을 피워내는 일만은 아니었다. 그림을 그리며 나는 매일같이 내가 걸어가야 할 삶에 대한 태도와 방향을 암시받곤 했다.

어릴 적 우연히 《조화로운 삶》이라는 책을 접한 적이 있다. 그 후 헬렌 니어링과 스코트 니어링 부부의 삶을 동경해왔다. 자연 안에서 적당한 노동을 통해 자급자족하는 삶, 자유로움 속에서 좋은 것을 생산하고 창조하는 삶이 정말 멋져 보였다. 삶의 형태와 결은 좀 다르지만 곁에서 본 아버지와 어머니의 삶도 그들과 많이 닮아 있다. 자연을 벗삼아 주변을 돌보고 일을 하고 쉼을 얻는다. 남들이 보기엔 특별하거나 유별나 보일 수 있는 야생초 사랑이 내겐 삶의 지혜를 전수받는 과정이었다.

아버지의 특별한 행보를 몇 년째 곁에서 지켜보며 그 꾸준함에, 관찰력과 창조력에 존경을 표한다. 아버지의 발걸음은 야생초와 점점 닮아간다. 아버지의 인생에서 아마도 지금이 단단한 흙에 뿌리를 박은 채 예쁜 꽃과 열매를 맺고 있는 시기인 것 같다. 수수하지만 멋들어진 야생초 꽃과 열매처럼 말이다. 매일 동네를 산책하시며 손에 그날 먹을 식재료인 야생초를 뜯어오는 아버지의 모습이 글을 쓰는 지금도 눈에 선하다. 어머니는 그것으로 먹음직스럽고 푸짐한 잡초비빔밥을 내놓을 것이다. 눈을 열어 깨어 있는 삶을 실천하시는 부모님이 있기에 늘 마음 한편이 든든하다.

2021년 10월
고은비

참고문헌

A. P. 휘터만, 홍성광 옮김, 《성서 속의 생태학》, 황소걸음, 2004.

게리 스나이더, 이상화 옮김, 《야생의 실천》, 문학동네, 2015.

게리 폴 나브한, 강경이 옮김, 《지상의 모든 음식은 어디서 오는가》, 아카
이브, 2010.

권포근·고진하, 《잡초 레시피》, 윔홀, 2015.

권포근·고진하, 《잡초 치유 밥상》, 마음의숲, 2018.

김순현, 《정원사의 사계》, 늘봄, 2019.

대안 지음, 《식탁 위의 명상》, 오래된미래, 2008.

데이비드 몽고메리, 이수영 옮김, 《발밑의 혁명》, 삼천리, 2018.

데이비드 몽고메리, 이수영 옮김, 《흙》, 삼천리, 2010.

류시화 엮음, 《민들레를 사랑하는 법》, 나무심는사람, 1999.

리처드 로어, 김준우 옮김, 《야생에서 아름다운 어른으로》, 한국기독교
연구소, 2016.

반다나 시바, 우석영 옮김, 《이 세계의 식탁을 차리는 자는 누구인가》,
책세상, 2017.

사티쉬 쿠마르, 정도윤 옮김, 《그대가 있어 내가 있다》, 달팽이, 2004.

스테파노 만쿠소·알렉산드로 비올라, 양병찬 옮김, 《매혹하는 식물의
뇌》, 행성B, 2016.

스테파노 만쿠소, 임희연 옮김, 《식물, 세계를 모험하다》, 더숲, 2020.

스티븐 해로드 뷰너 지음, 박윤정 옮김, 《식물의 잃어버린 언어》, 나무

심는사람, 2005.

앤드루 비티 폴 에얼릭, 이주영 옮김,《자연은 알고 있다》, 2005.

월트 휘트먼, 이창배 옮김,《풀잎》, 혜원출판사, 2000.

윌리엄 엥달, 김홍옥 옮김,《파괴의 씨앗 GMO》, 길, 2009.

윤석산,《일하는 한울님》, 모시는사람들, 2014.

이나가키 히데히로, 정소영 옮김,《잡초 캐릭터 도감》, 한스미디어, 2018.

이나가키 히데히로, 최성현 옮김,《풀들의 전략》, 도솔, 2006.

이선,《식물에게 배우는 네 글자》, 궁리, 2020.

장 앙리 파브르, 추둘란 풀어씀,《파브르 식물 이야기》, 사계절, 2011.

조지프 코캐너, 구자옥 옮김,《잡초의 재발견》, 우물이있는집, 2013.

최진규,《우리 명의와 의료 직설》, 썰물과밀물, 2014.

토마스 베리, 맹연신 옮김,《지구의 꿈》, 대화문화아카데미, 2013.

피터 톰킨스·크리스토퍼 버드 지음, 황정민 옮김,《식물의 정신세계》,
　　정신세계사, 1993.

헨리 데이빗 소로우, 강승영 옮김,《월든》, 이레, 1993.

헨리 데이빗 소로우, 류시화 옮김,《구도자에게 보낸 편지》, 오래된미래,
　　2005.

헬레나 노르베리–호지, 양희승 옮김,《오래된 미래》, 녹색평론사, 1996.

헬렌 니어링·스코트 니어링, 류시화 옮김,《조화로운 삶》, 보리, 2000.

후쿠오카 마사노부, 최성현 옮김,《자연농법》, 정신세계사, 2018.

야생초 마음

1판 1쇄 찍음   2021년 10월 5일
1판 1쇄 펴냄   2021년 10월 15일

글   고진하
그림   고은비
펴낸이   김정호

펴낸곳   디플롯
출판등록   2021년 2월 19일(제2021-000020호)
주소   10881 경기도 파주시 회동길 445-3 2층
전화   031-955-9505(편집) · 031-955-9514(주문)
팩스   031-955-9519
이메일   dplot@acanet.co.kr
페이스북   https://www.facebook.com/dplotpress
인스타그램 https://www.instagram.com/dplotpress

편집   원보름 이형준
디자인   형태와내용사이

ⓒ 고진하 고은비, 2021

ISBN   979-11-974130-3-2 03810

이 책은 (재)대우재단에서 추진 중인 국민 정신건강증진사업(보건의료사업)
'꿈과 휴'의 일환으로 발간됩니다.